透かし窓

鈴木比嵯子

梓書院

透かし窓

本書を先に逝った無二の友、　田瀬明子さんに捧げます。

目次

透かし窓

車の中はひどく蒸し暑かった。窓を開けてみたが、たいして変わりはしない。外から吹き込んでくる風は糊のようにねっとりと重く、着ている衣服ごと皮膚にまとわりついてくる。瀬戸映子はハンドルを回しながら、幾度も膝の上に置いたハンカチを掴んで、額や首筋に滲み出てくる汗を拭った。

「暑くはないですか？」

「いや、大丈夫だ」

後部のシートから、予期していた通りの答えが返ってきた。瀬戸則夫は冷房が嫌いである。特に車の中のような狭いところでは気分が悪くなると言って、余程のことがない限り、クーラーを入れない。体質的に合わないからだ、と則夫は言うが、六十三歳という歳のせいもあるのではないかと、映子は思っている。

「しかし、中西君が暑いのであれば、クーラーを入れても僕は構わないよ」

則夫は妻の映子のことを、うっかり、「中西君」と旧姓でよぶことがある。

五年前まで、則夫と映子は同じ会社の上司と部下という関係にあった。地場大手の石油の精製と販売をしている企業で、則夫は常務取締役の役職にあった。映子は秘書課に所属していたが、社長以外には専属の秘書を置いていないので、十数名の役員の秘書役を秘書課の社員が代わるがわる務めることになる。

映子はどういうわけか、瀬戸常務に特別気に入られたようで、「中西君、ちょっと来てくれ」と、常務室によく呼ばれていっては用件をいいつかった。

そのため、映子と瀬戸は特別な関係にあるような目で見る者もいた。瀬戸が妻を亡くしたばかりということもあって、映子が瀬戸の妻の座を狙っていると噂する者もいたりした。そういう風評が耳に入ってきても、映子はとりたてて弁解はしなかった。むきになって弁解すればするほど、かえって周囲を面白がらせることになる、その手には乗りたくないと思ったからだ。

暖簾に腕押しのような映子ではつまらないのだろう、いつの間にか、映子と瀬戸の間のことは、取沙汰されなくなった。瀬戸から、相変わらず「中西君、ちょっと来てくれ」と頻繁に声がかかり、映子は淡々とそれに応じている。誰もが、その光景を自然のものと受け入れて特別視しなくなったある日、二人は結婚して、周囲を驚かせた。

映子は入社して八年目で、二十八歳、瀬戸則夫は五十八歳だったから、倍以上の歳の開きがあった。周囲がまた騒ぎ出したが、映子はやはり笑って聞き流した。

映子は両親に勧められるままに、幾度か見合いをしたことがある。常識的にみて、釣り合いの取れた、それなりにいい話もあった。しかし、彼女は「気乗りがしない」という程度の、あいまいな理由をつけては断ってきた。先方から断られた時にはほっとした。

女の幸せは結婚以外にはないと、信じきっている両親は、映子の縁談話が壊れる度に、呆れ顔で、「いったい何が不満なのか」と映子を責める。映子には三歳下の弟がいるが、婚期に遅れた姉が同居しているとなると、将来、弟の縁談にも差し障りが出るとまで言い出してきて、映子を困惑させる。

いつの間にか、映子は二十五歳になり、二十六歳になった。二十五の声を聞くと嘘のように、ぱったりと縁談は持ち込まれなくなった。映子に結婚する気がなく、縁談も来ないとなると、映子は独身のままでおわるのではないかと、両親の心配はつのった。心配のあまり、相手が誰であれ、結婚さえしてくれればいいとさえ、思い始めたようだ。

会社でも二十五歳を過ぎると、その途端に映子は居心地の悪さを悟らされることになった。映子だけではない、大概の女子社員は暗に退職勧奨の雰囲気の中に置かれる。三十を過ぎ、四十になっても頑張って勤めを辞めない女子も何人かはいる。しかし、彼女達に対する陰口のあくどさには辟易しているので、女子社員は大半が二十五歳の声を聞く前後に退職していく。結婚退職が多いが、転職もある。大学入学をその年齢から試みる者もいるし、何か資格を取るために専門学校に通い始める者もいる。

映子は地元の短大を出て、学校の紹介で職についた。将来キャリアウーマンとして、自活していく自信も欲もないまま、漫然と日を重ねてきた。そのツケが回ってきたのだろうかと、さすがに不安で落ち着かない。そんな折りに、瀬戸則夫から結婚を申し込まれ、それを承諾することによって、両親の家と会社での居心地の悪さから逃げ出すことができたということなのだ。彼女は自身の結婚の動機をそんなふうに解釈し、納得していた。

彼女はもともと若い女性がそれなりに夢を描く結婚の形というものを、最初から捨てているところがあった。そのことは、彼女をよく知る仲のいい友人達から、度々指摘されたことでもあり、彼女自身認めていることでもあった。

彼女には一つの秘密があって、それが彼女に結婚をためらわせる大きな原因になっていた。彼女が十九歳、後三カ月で短大を卒業するという時だった。彼女は学内のクラブの部室で襲われるという不運に見舞われた。マンドリンクラブに入っていた映子は、その日の練習を終えて、同じクラブの友人数人と帰途についたのだが、途中、友人達と別れて一人になってから財布や定期券を入れたポーチを忘れてきたことに気付いた。急いで学校に引き返し、管理人室から借りた鍵を開けて部室に入ると、そこに賊がひそんでいた。窓をこじ開けて入り、室内を物色していたらしい。男は物盗りが目的だったのだが、映子を見て豹変した。目の前にぬっと立ちはだかった男を見て、映子は総毛立つような恐怖で立ち竦んだ。全身が硬直し、叫び声一つ上げることができない。わっと見開いたままの目は、男がまだ二十二か三の若さであり、顎のあたりにうっすらと不精髭が伸びているのを、何故かはっきりと捉え、その記憶はいつまでも彼女の脳裏から消えないでいる。

男が飛びかかってきた時、映子はそれでも必死にもがいて抵抗した。男の腕といわず、胸といわず所構わず噛みついた、男は片手で映子の口を塞ぐと床の上に押し倒し、その上から覆いかぶさってきた。

この災厄を映子は父にも母にも、誰にも言わなかった。彼女一人の胸の中にじっと閉じ込めてきた。そして彼女自身意識して忘れようとつとめてきた。それはかなり成功して、普段の生活の上ではもう思い出すことはなくなっていた。

しかし、結婚話が持ち上がり、現実にそのことに対応しなければならなくなると、ちょうど霧の中に紛れこんでぼんやりとしか見えなかった物が、近づくにつれて形がはっきりと枠取られてくるように、否応なく映子の意識に上がってくる。若い男のうっすらと不精髭の生えた顎が目の前に現れてくる。結婚というものに必然的に伴う一つの場面が、彼女の意識の中で嫌悪と苦渋に満ちて蘇ってくる。映子が彼女の年齢に見合う若い男性との結婚話を幾つも断り、六十に近い瀬戸則夫と結婚したのは、周囲の者が噂したように、彼女が打算的に常務夫人という肩書や経済的安定を求めたからではなく、まさに六十歳近いという則夫の年齢に賭けたからである。その意味では彼女の結婚には打算が働いていたと言うべきかもしれない。

映子の結婚に彼女の両親は反対した。娘の夫と認めるには則夫は歳を取り過ぎていたし、先妻の残した万里子という娘も二十歳を越している。映子とうまくいくはずがない、苦労が目に見えていると言う。

しかし、一方ではこの結婚に反対すると、本当に映子は一生結婚しないのではないかという不安も大きかった。結局、万里子ができる限り早く結婚して瀬戸家を出るならという条件をつけて、許してくれることになった。

万里子にできる限り早く結婚させて欲しいという、映子の両親の申し出を、則夫はさすがに複雑な面持ちで聞いていたと思う。両親のいない所で、映子は則夫に言った。

「私は万里子さんがいつまでも居たってちっとも構いません」

「本心から言ってるの?」

と則夫は疑わしそうだったが、映子は本心から言ったつもりだった。

「私だってこの歳まで結婚できなかったんですよ。他人に早く結婚しろって言う資格ありませんわ」

「しかし、御両親が心配される気持ちも分かるよ。万里子はちょっと変わった娘で、君とうまくいくかどうか、実は僕も気にはなってるんだ。なにしろ一日中絵ばっかり描いててアトリエに籠りっきりなんだ」

「画家になるお積もりなのかしら」

「いや、そこまでの才能はないだろう。自分だってわかっていると思う。ただ、万里子が十七の時に母親が亡くなって、女の子にとって、その頃の年齢というのは進学とか結婚とか、将来の自分の夢や希望を母親と相談して決めていくそういう年頃なんじゃないかなあ。それが無残にうっちゃられるような状況になって、すっかり内に籠ってしまった。僕もなんだかかわいそうなので、ついつい好き勝手にさせてしまってね。高校は何とか卒業できたけど、あとは絵ばっかりという生活なんだ」

映子は則夫に心配なさらないで、と言ったが、その意味は、継子の万里子とうまくやっていくということではなく、むしろその逆の意味あいからだった。彼女は万里子と決して仲のいい関係を持とうとは、最初から考えていない。それは無理なことだと思っている。生まれも育ちもまるで違って二十何年過ごしてきた者同士が、母と娘の役を振り当てられたからといって、素直に演じられるものではないだろう。

映子は、万里子に、新しい入居者が一人加わったという程度の認識を持ってもらえばそれでいいと考えている。それ以上の感情を持ってもらうことは、かえって映子には負担になる。則夫との関係は当然夫と妻であるが、万里子とは母と娘の関係は成り立たないだろう。万里子の母は万里子を生んだその人一人だけが、主張できる資格と権利を持つものだろう。

則夫はクーラーを入れても構わないと言ったが、映子がその言葉を真に受けて、クーラーのボタンを押したりはしないことをよく知っているはずだ。映子は則夫に対して、大抵の場合、従順な態度をずっととってきた。則夫に対してばかりではない、映子はなるべく周囲に波風を立てない生き方を望んできた。かつて、則夫が「中西君、中西君」と呼んで特別扱いをしたのも、再婚相手に選んだのも、案外、映子が従順だという理由が大きなウエイトを占めているのかもしれない。

「台風が来ると、万里子が言っていたね」

「それで、こんなに蒸し暑いんですね」

そういえば、朝食の時に万里子がそんなことを言っていた。

今朝の朝食には珍しく万里子も加わった。万里子はいつも朝起きてくるのが遅い。だから、則夫と映子の二人で朝食を取ることが多い。映子は朝、万里子を起こしたことはないが、則夫は時々起こしているようだ。万里子に何か伝えたい用件がある時、朝食を一緒に取りながら話すことにしているらしい。夜の帰りが遅いことが多いし、大抵夕食は外で済ませてくるので、則夫にしてみれば、娘と話すには朝食を一緒にしながらというのが、一番いい機会になるらしい。

今朝も則夫から無理に起こされたからだろう、万里子は不機嫌な顔つきでパンをちぎり、スープを掬い上げている。万里子の食事時の動作はのろい。トーストされた一枚のパンを両肘をついた手でつまみ上げ、暫くじっと眺めている。その後、パンの表面を右手の親指と人差指で薄く剥がし始める。それから顎を突き出したような形で、顔を上に向けて口を開け、そこにはらっとパンの薄片を落とし込む。パンを剥がしていくうちに、中心部に穴が開き、その穴は徐々に周囲に拡がっていき、最後にパンの耳だけが窓枠のような形で残る。万里子はそれを肘をついたままの高さからポトンと皿の上に落とす。窓枠は食べないままで残す。それから両手を軽く打ち鳴らして、指先についたパン屑を払い落とす。時々、剥がしかけたパンを左手でぶらぶらさせ、右手でスプーンをあやつりながらスープを飲むのだが、彼女はほとんど首を前に傾けない。彼女の長い髪の毛先がスープ皿に入り込むのを防ぐためらしい。

食事時のこの不作法な仕種を、万里子の母親は咎めたり、せめて人に不愉快な思いをさせない程度のしつけをしようとはしなかったのだろうかと、映子は時々不思議に思うことがある。しかし、映子がそのことを口にしては、則夫の立場がないだろうし、万里子ほどの歳になれば、たとえ父親が注意したとしても、素直に受け入れることはできないだろう。それがわかっていて、敢えて映子が指摘する必要はないのだ。いっときの不愉快を忍べばすむことであり、それは大した問題ではない。

則夫と映子が食後のコーヒーを飲む頃になっても、万里子のパンの穴はまだ窓枠ほどには大きくなっていない。コーヒーを飲みながら、則夫は万里子に話しかける。話題は大抵万里子が興味を引くような、画に関することや街中で見かけた若い娘のファッションのこと等だ。

「今度の展覧会には何を出すの？」

「まだ決めてないわ」

「今度は私達も観に行くから」

「観に来なくていいわよ」

「何故？」

「私達のグループって、まだみんな下手なの。だから観に来てもらう資格がないの」

「そうでもないだろう。現に万里子だって、何度か県展で賞を取ってるじゃないか」

こういった程度の他愛ない話が続く。話の中に、映子はほとんど加わらない。時々、則夫がひょいと映子の方に顔を向けて相槌を求めることがあるが、それは映子の立場を気づかってのことで、映子にはかえってわずらわしい。

「ね、君はどう思う？」

と則夫が言ってくると、映子は大抵の場合、笑顔を作りながら、

「ええ、そうですね」

と答えるだけで済ませてしまう。万里子の方から意見を求めてくることはない。万里子は食事時、映子の方をほとんど見ていない。

今朝もそんな会話が則夫と万里子で交わされていた時、則夫が今から東京へ出張するから留守を頼むよ、というようなことを言った。それを聞いて、万里子が台風のことを持ち出したのだ。テレビが台風情報を流していたと。則夫も映子もテレビを視ていなかったので、知らなかった。

「今夜あたり沖縄の近くまできて、中国の方に行くみたいだけど、進路を東に変えるかもしれないって。明日の夜には奄美大島あたりも危ないんですってよ。行きはともかく、帰りは大丈夫かしら」

則夫は大袈裟に万里子の目の前で手を振ってみせた。

「台風が来たって私は平気さ、どんな台風でもね」

「そうね、パパは飛行機には乗らないから」

「そうだよ、その台風が日本列島を縦断するような進路をとったとしても、新幹線だから、多少遅れるくらいのことだろう。大丈夫ちゃんと予定通り帰って来れるさ」

「ほんと、新幹線ってパパのために開通したみたい」

則夫はいわゆる高所恐怖症というのだろう、飛行機に乗るのをひどく嫌う。東京出張でも必ず新幹線を利用する。二年前に新幹線が開通したが、それまでは夜行列車で上京した。同行する部下が嫌がると、部下は飛行機に乗せ、自分は一日早く夜行で発った。

自宅から直接出張先に向かう時は、映子が駅まで車を運転して送ることにしている。食事の時の台風の話はそれだけで終わったが、その後で、則夫は、

「今日、後から溝口君が書類を取りに来ることになってるから、渡してやってくれ。書斎の机の上に袋に入れて置いておくから」

と、映子にとも万里子にともなく言った。

「私は出られないが、明日、こっちの本社の会議で使う資料なんだ。昨夜遅くまでかかって作ったので、疲れたよ」

万里子のスプーンを動かす手が止まり、表情が微妙に変わったのを映子は見逃さなかった。

溝口康雄は則夫の部下で、家にも何度か来たことがある。書類の受け渡し等のために来ることが多いが、一度は会社の宴会で悪酔いした則夫を送ってきた。夜も遅かったし、溝口自身もかなり酔っていたので、泊まってもらった。溝口と映子は二人がかりで、正体を無くしている則夫を寝室まで抱えていった。急なことで客間の準備ができないので、溝口には応接間のソファで寝てもらうことにしたが、お茶漬けを出したり、応接間に毛布や枕を運び込む手伝いを

万里子に頼んだ。万里子は無愛想だったが、映子が頼んだことはそつなくやってくれて助かったという記憶が映子にはある。酔いにまかせてのことだろう、溝口が万里子の手を握ろうとして、驚いた万里子が手を引っ込めながら、息をつめて立ちすくんだ場面も覚えている。

溝口は映子が退職するのと入れ替わりに入社してきたので、彼のことについてはほとんど知らない。則夫の口を通して多少の知識は持っているが、それも、出身地が何処で、何大学の何学部を出て、子会社にいたのを引き抜いた中途採用で、年齢はちょうど三十歳だという程度のことでしかない。映子は溝口に何の関心も持っていないので、則夫が勝手に喋ったことだ。

ただ、ある時、ふと則夫が万里子の結婚相手に溝口のことを考えてみようかと言ったことがある。その時、何故か映子の身内を一瞬悪寒めいたものが走った。

しかし、それは一瞬のことで、冷静になってみれば、則夫は万里子の結婚の相手にどうだろうかと言っただけのことで、映子の身体が何かの反応を示すのは正常なことではない。この時、溝口とうっすらと不精髭の生えた顎を持つ若い男が、彼女の意識下で、重なりあって捉えられたのだろうか。

「万里子さんは溝口さんが好きなのですか?」

「さあ、それはわからないが、万里子もいつまでも独身で絵を描いているわけにはいかないだろう」

「万里子さんにちゃんと確かめた方がいいですよ」

「いや、溝口と言ったのは、ただの思いつきだよ。誰か探してやらないと、万里子はアトリエに籠もってばかりいるから、自分では恋人を作れないんじゃないかと思ってね。ほんとは絵の仲間で好きな人を見つけるのが一番いいのだが、しかし、絵描きというのは余程名が売れてないと経済的に不安定だから、それも困るし」

則夫はその時以来、万里子の結婚相手として、溝口の名を口にしたことがない。則夫が自分で言っていたように、ただの思いつきだったのかもしれない。年頃の娘を持つ親として、そろそろ結婚相手を見つけてやらないといけないという、単純な思いから、ごく身近にいる青年の名を上げてみたに過ぎないということだろう。則夫は、しかし、本気で万里子の結婚相手を見つけようという気はないのではないだろうか、と映子は思う。母親を早く亡くしたためか、普通の娘とは少し違って世間ずれしていないだけに、うまく結婚生活に対応できないのではないかという不安が、則夫には強くあるらしい。できたらいつまでも手元に置いておきたいという願いが無意識のうちにあるらしい。則夫の万里子に対する語り口を聞いている時、映子はいつもそう思う。

溝口が泊まっていった日から、明らかに万里子の彼に対する関心の度合いが違ってきたようだ。則夫と何か話していて、溝口の名が出ると、万里子の目が光と艶を帯びてくる。則夫は万里子のこの変化に気づいているのかいないのか、溝口の名を口にする時はいつも無造作にする。ひょっとしたら娘の変化を知りながら、かえって無造作を装っているのかもしれないと、映子は思う時がある。そうしたほうが、万里子の若い男性への思いをかきたてるのに効果があるとでも考えているのかもしれない。

「溝口さんは何時頃お見えになるのですか?」

と、コーヒーを飲み終わった映子は則夫にたずねようとして、止めた。万里子が聞き耳をたてているのがわかった。万里子に対して意地悪をする気は無いのだが、万里子の期待していることに力を貸すことに、今は何故か素直になれない。そんな自分がうとましくもあって、映子は早くこの場を逃れたい思いで、ことさら勢いづけて立ち上がった。

「そろそろお着替えにならないと、乗り遅れますよ」

「まあ、彼が来たらうまいコーヒーでも入れてやってくれ」

則夫は壁の時計にちらと視線を向けると、ナプキンで口の端を拭きながら、そそくさと立ち上がった。万里子がどんな表情で取り残されたか、映子は則夫の後にそのまま ついて食堂を出たので見ていない。

プラットホームに立つと、車の中の蒸し暑さが嘘だったように、強めの風が吹いており、風は映子のワンピースの中にまで入ってきて、吹き抜けていく。則夫と映子が立っている前を、夫婦らしい中年の外国人の男女が、小声で何か言い交わしながらゆっくりと横切っていく。まだ五月の末だというのに、女の方は木綿地のノースリーブのワンピースを着ている。ピケの白地に太めのブルーのストライプ模様のワンピースは、背中が大きくV字型にくられている。右の肩甲骨の一番尖ったところの下の窪みに小指の先程の黒子があり、周囲の薄いピンク色の膚の部分よりわずかに盛り上がっている。ひょっとしたらこの外人の女は自分の背中にある大きな黒子の存在を知らないまま、これまで生きてきたのではないかと、映子は、ふと、そんなことを思いながら、夫婦連れの後を目で追っていく。小指の先程に膨らんだその部分に触れている金色の短い毛に覆われた太いごつごつした指が、映子の脳裏で執拗に動く。映子はその幻影をふり払おうと、首を左右に激しく振った。

「あっ」と言いながら、則夫が口を手で押さえてのけぞった。則夫が映子に何か言おうとして、彼女の耳元に口を近づけてきた時だったので、映子の激しく動いた頭が則夫の口を打ってしまったのだ。

「あら、済みません」

驚いた映子は詫びたが、則夫は渋面をつくったままなかなか口に当てた手を離さない。余程痛かったのだろう。ひょっとしたら、歯で口中か唇を切っているのではないかと心配しながら、映子はもう一度詫びた。

「本当にごめんなさい」

則夫はようやく口から手を離すと、そこに血がついていないことを確かめ、ほっとしたように表情を弛めた。それから今度はゆっくりと用心しながら上体を傾けた。映子の耳に則夫の顔がかぶさり、則夫の吐くなまぬるい息とともに低い声が吹き込まれてくる。

「どうだろう、明日か、明後日、今夜でもいい、出てこないか?」

「え、どこへ?」

「東京だよ。僕の出張先さ。東京の近くの熱海か、伊豆か、どっちでもいい。温泉に入って、美味しい物を食べて、ゆっくり骨休めをしよう」

「お仕事で行かれるのでしょう?」

「仕事はすぐに片づくさ。それに夜は全く暇だよ」

「遠すぎます」

「君は飛行機が平気だからいいじゃないか、東京まで一時間ちょっとで来れるんだよ」

「でも、やっぱり遠すぎますわ」

則夫の顔に失望の色が拡がった。

「お願いだ、出て来てくれないか。場所が変われば君の、というよりお互いのと言うべきだね、その、お互いの気分も随分違ってくるんじゃないだろうか。きっとうまくいくと思うんだ」

映子は今度は用心深くゆっくりと首を左右に振った。

「私、参りません」

「そんなこと言わないで。君だって少しは努力してくれたっていいだろう」

映子は黙ったまま、視線をホームの向こうに移した。ホームを越えたところに広がる遊休地を覆っているセイタカアワダチソウの五分咲きの花穂が、いっせいに風になびいている。その向こう側に一かたまりのビルの群れがあって、それは多分、分譲マンションだ。窓の数や大きさ、ベランダの形からわかる。それに、隣接地にブランコやすべり台を備えた小さな公園が見える。そして、その奥に小高い山があり、新緑を装った雑木で覆われている。あれはひょっとしたら古墳かもしれない。こんもりと均整のとれたその形や小振りの大きさから考えて、古墳に間違いないだろう。

映子の視線は更に奥へ、遠くへと移っていく。それと共に、耳元で囁く則夫の声が、声は同じ響きと大きさを持っているが、意味の方は次第に遠く不明確になっていく。遂には生ぬるい息づかいだけを感じている。

不意に視界が塞がれ、鈍い金属音の軋みを伴って、電車がホームに入ってきた。映子の意識はようやく現実のものとなって則夫の声をその意味と共に捉えた。

「是非出て来てくれ、ここに、宿の電話が書いてある。待ってるよ」

則夫はいつ用意したのか、名刺の裏に走り書きしたメモを映子の手に握らせた。

停まった電車の入口に向かって人々の列が一斉に動き出した。「じゃあ」と言うと、則夫の後ろ姿もその動きの中に混じり、車内に消えていった。背が少し曲がっている。

「あなたはもう歳なのよ」

映子はその背に向かって、小さく声に出して呟いた。

「あなたはもう歳なのよ」

ベッドから下りた映子は窓に寄っていくと、カーテンを少しだけ開ける。中庭の植え込みのヒマラヤ杉や樅や銀木犀の枝々の黒々とした重なりを透かして、万里子のアトリエの窓が見える。映子がカーテンを開けたのとほとんど同時に、アトリエのカーテンが閉ざされるために揺れるのがわかる。アトリエのカーテンが閉じた後も、漆黒の闇の向こうに映子が立つ窓をじっと見つめている双つの瞳を映子は感知する。背後から則夫の声が聞こえてくる。

「何故だ？　何故なんだ？」

ほとんど感情を押し殺した声で映子は答える。

「あなたはもう歳なのよ」

暫く沈黙の時が続き、やがて則夫の深い吐息が映子の肩を越えて聞こえてくる。時々、映子はカーテンを思い切り一杯に開け、窓も音高く開けることがある。則夫の吐息は、そんな時、外の闇の壁にぶつかり、はね返ってきて、映子の耳の一番奥深い箇所に軋みながら落ち込んでくる。

映子がベッドを下りてから、ここまでの一連のシーンは、今では二人の習慣化した儀式のように、幾日かごとの夜に繰り返される。

「あなたはもう歳なのよ」

ある夜、万里子のアトリエのカーテンが揺れるのに気づいた時、映子はその信じられない情景に驚愕した。その後、その情景が決して彼女の錯覚でないことがわかった時、映子は狼狽と羞恥でほとんど我を忘れる程だった。窓辺に立ち尽くしたまま、いつまでも塑像のように動かない映子を不審に思った則夫がベッドから下りてきた。

「いつまでもそんなところにいると風邪をひいてしまうよ」

と言いながら、映子の傍に寄り抱き寄せた。

「ほら、こんなに冷え切って、震えてるじゃないか」

確かに映子はその時震えていたし、口もきけないような状態だった。

しかし、今では平気で窓辺に立ち、暗い木立の奥のもう一つの窓を見つめながら、後ろ向きのままで則夫と会話を交わすことができる。

「もう一度、木崎君の所へ行ってみてはくれないだろうか?」

「一度で、懲りごりしました」

「しかし、一度面談したくらいでは手の打ちようがないと、彼は言っていたよ」

「もういいんです。私は行きません」

「彼は優秀な精神科医なんだよ。僕の古くからの友人だし、僕達のことをとても心配してくれてるんだ。彼の話だと、原因は多分君の方にあって、ひょっとしたら君の過去に何か……」

「ひょっとしたら、過去に起きた何か口にしたくないような秘密をお持ちじゃないですか?」

木崎医師はちゃんと見抜いている。精神科でも心療内科の専門医だ。映子と同じような症例を持つ患者をたくさん診てきたのだろう。映子は首を軽く横に振ってみせた。

「いいえ」

「なんにも?」

「なんにも」

彼は映子の目をじっとのぞきこむように見た。

「奥さん、どうぞ私を信じてください。私は医者です。ですから奥さんから聞いたことは、誰にも、無論、瀬戸にも絶対に洩らすことはありません。約束します。安心して話していただけませんか、お願いします」

木崎の口調はあくまで優しい。その優しさに、映子の心はゆるみそうになる。映子はしかし、しっかりと木崎の目を見返した。誰にも、絶対に明かさないと誓ったことだ。彼女自身が思い出すことさえ禁じてきた。今になって、それを話せと言われても従えるものではない。

木崎は映子が口を開くのを待っている。いつまでも待つつもりらしい。映子が必ず語りはじめると信じている。

木崎は映子のきつい視線に合って、一瞬、驚いたように口をつぐんだが、すぐに続けた。

「人は誰でも、過去の嫌な出来事は忘れてしまおうとします。しかし、忘れることは出来ないんです。忘れたと思ってもそれは自分をだましているだけで、鉛のように重いしこりとなったまま消えることはありません。それがいろんな症状となって現われてくるんです。ですから忘れてはいけないのですよ。逆に、思い出すことが必要なのです。しかし、その思い出し方が問題です。やみくもにただ思い出せばいいというものじゃない。そこで私たちのような専門家の出番となるんです。私たちが相談者に対して質問をし、相談者に答えて貰います。その問答のプロセスを通して、相談者が抱えこんでいる重石が徐々に取り除かれていきます」

映子はついと目をそらした。これ以上、木崎に見つめられ、見つめ返していると、口をすべらせてしまいそうな気がした。

「もう、失礼してもいいでしょうか」

「ああ、勿論、構いませんよ。今日はこのくらいにしましょう」

木崎の目にかすかに失望の色が走った。その色に隠れて憐憫とも侮りともつかない影が一瞬だったがかすめて過ぎるのを映子は見逃さなかった。ここに来ることは二度とないだろうと、映子は思った。

木崎医師は机の上のカルテに何かを書き入れながら、まるで独り言のように呟いた。

「本当は、もう一度、同じ体験をするのが、一番いいんですよ。しかし、同じ体験なんて、そうそうできるものではありませんからね」

「私には忘れたいようなことは何もありませんの」

映子は立ち上がった。

「少しは君も協力してくれてもいいんじゃないのかなあ」

則夫の声は次第に、弱々しくなっていく。彼は次に映子が間違いなく発する言葉を恐れている。

「あなたはもう歳なのよ」

「ああ、だが、まだ六十だよ」

「もう、六十三でしょう」

「しかし、六十三というのは、まだまだ君と対等に付き合える年齢だよ」

「私は別に構わないんです。私が構わないって言ってるんですから、それでいいんじゃないですか」

「映子、それは違うよ。僕達は夫婦なんだから、僕は君に対して義務があるし、君だって僕に義務があるんだよ」

「ですから、私は別にあなたから義務を果たしていただかなくてもいいんです」

「僕に丸太を抱いているような、味気ない思いをさせないで貰いたいんだよ」

電車が遠ざかっていくにつれて、次第にその形が崩れていく。崩れた形が一つの黒い点となって、映子の視野から完全に消えてしまうまで、ホームに立っていた。気がつくと、映子は一人ホームに取り残されていた。手の中に握っている名刺をバッグに入れると、ゆっくりと階段を下り、出札口に向かった。

ホームにいる間に汗はすっかりひいていたのに、出札口を出る頃にはまた元のように、額や首筋のあたりがべとつきはじめた。早く帰ってシャワーを浴びなければと、映子が足を速めた時だった。

「映子さんよ」

「あら本当、映子さんだ」

すれ違っていく人群れの中から、聞き覚えのある声がして、若い娘が二人すっと寄ってきた。

則夫の妹、高子の娘達だ。姉の玲子は今春、東京の大学を出てそのまま家にいる。いわゆる花嫁修業中の身だ。妹の真弓は地元の大学に通っている。高子の夫は地場の中堅どころの物産会社の社長で、高子も取締役の一人に名を連ねていると、映子は聞いている。二人の娘達はそれぞれ白とグレイという地味なシャツブラウスに、色あいは違うが同じようなチェックのプリーツスカートの組合せという、ごくありふれた服装をしている。ありふれているように見えるが、材質や縫製の良さから見てかなり上質なものということがわかる。幼い時から上質なものだけを身につけてきたことから、自然に身についた自信がシャツブラウスにプリーツスカートという平凡な組合せの中に見事に生きていて、とても叶わないという思いを映子に抱かせる。

「伯父さまのお見送りにいらしたんでしょう?」

玲子が言った。彼女達は玲子の大学時代の友人が東京から遊びに来るので、出迎えるために来たのだという。

「映子さんは感心だって、いつも母が言ってますわ。伯父さまが出張なさる時は、いつもお見送りされるんだもの」

「家から直接発つ時だけですよ」

「伯父さまって案外亭主関白なのね」

と、今度は真弓が言った。

「一見フェミニストみたいなんだけど」

「ふふ…」と映子は含み笑いをすると、

「車を買って貰う時の条件に、見送り役をつとめるってことが入ってたの」

「ああ、今度の車は赤い色のワーゲンね。映子さんにはとてもよくお似合いよ」

「いつかドライブに連れていっていただきたいわ」

玲子も真弓も、伯父の若い後妻に対して、何のわだかまりも持っているふうではない。映子は二人の屈託のない明るさに引き込まれて、いつの間にか彼女達と同じように弾んだ声をあげている。

「ええ、いいわよ、ドライブしましょう」

「お母さまも誘っていいでしょう?」

「もちろんよ」

「お母さま、きっと喜ぶわ」

別れる時、二人は、

「万里子さんによろしくおっしゃって」

「今度、新しく描いた絵を見せていただきに行くわ。私、万里子さんの絵大好き」

と、万里子のこともちゃんと忘れずに言う。

玲子や真弓には、相手を彼女達のペースに巻き込んでしまう不思議な力があるようだ。彼女達は話している間中、優しい微笑を絶やさない。だからついこちらも知らぬ間に笑顔になっている。こちらが不愉快になるようなことは決して口にしない。従姉妹同士だというのに、こんなにも違うのだろうか、と映子は思わず万里子と姉妹を比べている。

こちら側の極に万里子がいるとすれば、対極に玲子と真弓の姉妹がいるという図式なのだろうか。しかし、不思議なことだが、玲子達と会って話している時は楽しくてたまらないのだが、別れた後、どっと疲れを覚えるのも事実なのだ。相手のペースに合わせようとして、映子自身かなり無理をしているということなのだろう。万里子と一緒にいる時、楽しいと感じたことは一度もない。むしろ、彼女の仏頂面や刺のある言葉で不愉快な思いをすることの方が多い。しかし、万里子がそんなふうだから、映子も自分のその時々の感情を隠す必要がないし、時に万里子を無視することがあっても、お互いさまと思うだけでよく、罪悪感なり、負い目なりをもつ必要がない。万里子は万里子、自分は自分という思いで行動できる気楽さを映子はむしろありがたいと思う。

映子の両親や友人が訪ねてきても、万里子は挨拶らしいこともしない。その一事だけでも、彼らには気に病む材料になるらしく、映子の立場にひどく同情する。しかし、映子には彼らの同情は迷惑でしかない。

「万里子さんとは、共同生活者だと割り切って生活しているから平気よ。なさぬ仲だの、義理の母子だのという湿っぽい感情は最初から持ってないの。それは彼女だって同じだと思うの」

と、映子は言う。負け惜しみではなく、本心から出たことなのだが、ただ、その言葉を聞いて、彼らは納得しているわけではない。しかし、それ以上万里子との仲についてあれこれ言う気はない。これは映子と万里子と二人の間のことであって、他の者が、例え両親であっても、血の繋がったきょうだいであっても、二人以外の者が兎や角口をはさんでくる問題ではないと思っているからだ。いろいろ、しつこく万里子とのことを聞いてくる者がいると、映子は、「お願いだから放っといて、だって、あなたには関係ないことでしょう。あなたがどうこうできる事柄じゃないでしょう」

と、はっきり言うことにしている。

玲子や真弓の継母でなく、万里子の継母であるということを、映子はむしろ喜ぶべきかもしれないと、映子はきれいな歩き方で遠ざかっていく玲子達の後ろ姿を目で追いながら思った。

車を走らせ始めた映子は思い切りクーラーをきかせた。しかし、汗でべたっとした膚には人工の冷気は決して心地いいものではない。早く帰ってシャワーをつかおう、それから今日の行動を開始しよう。久しぶりに映画を観るのもいい、美術館もいい、結婚前はよく映画館や美術館に行っていたが、結婚後はそうした場所から足が遠ざかっている。暇をもてあましている何人かの友人の顔を思い浮かべながら、誰かを誘ってみようか、それとも、暫く実家に顔を出していないので、泊まりがけで行ってみようか、等と考えていると、次第に気分が浮き立ってきて、アクセルを思いきり踏み込んだ。

家に帰りつくと、映子はその昂った気持ちのままシャワールームに入った。少しぬるめにした湯を頭からかぶり入念に全身を洗った。バスタオルで濡れた体をていねいに拭き、ベッドの上に両足を投げ出すと、ボディローションを普段より少し多めに擦り込んだ。汗をすっかり洗い流した体に、ローションの淡いバラの香りが体の奥まで染みこんでいくようで、一種、気怠い心地良さに浸りながら、映子は今からの自由な時間を思い、いっそう気持ちが浮き立つのだった。体の火照りがようやくおさまったので、バスローブに身を包み、まだ濡れたままの髪をドライヤーで乾かしながら、クローゼットを開け、洋服をあれこれ選び始めた。それは結構楽しい作業だった。

ドライヤーの唸り声に混じって、玄関のチャイムが鳴っている。多分溝口が鳴らしているのだと気がついたが、その時まで、映子は溝口が来ることになっているのをすっかり忘れていた。あわててドライヤーのスイッチを切ろうとしたが、万里子が出るだろうと思い直し、そのままドライヤーをかけ続けた。万里子が玄関に出ていく気配がないまま、チャイムはいつまでも鳴っている。映子は大急ぎでバスローブを脱ぎ捨て、手近にあった前開きのホームドレスを引っかけ、前ボタンを留めながら玄関に急いだ。

ドアを開けると、やはり溝口が立っていた。営業で外回りが多いせいだろう、前に家に来た時より日焼けが目立つが、車で来たせいか、汗をかいているようすはない。背広の上着をきちんと着て、書類鞄を小脇に抱えている。映子を見ると一瞬どきっと戸惑ったような表情を見せたが、つと目をそらしながら挨拶した。髪はまだ半分濡れたままだし、着ているものといえば家着もいいところである。下着もつけていない。溝口が目をそらすのも無理はないと思いながらも、映子はここで自分までどぎまぎしては、かえって溝口を困らせることになると考え、素知らぬふうを装うことにした。

「ご苦労さまです。どうぞお上がりになってください」

溝口は困惑した表情を浮かべた。

「常務から書類をとってくるようにと言いつかっているのですが」

「ええ、聞いています。ちょっとお上がりになって」

映子はスリッパを揃えた。万里子のために、このまま書類を渡しただけで溝口を帰すわけにはいかないと映子は思った。万里子が溝口と会って話す機会を、則夫がわざわざ作ったということも考えられるのだ。

溝口は少しの間ためらった様子をみせたが、素直に靴を脱いだ。映子は溝口を応接間に招じると、エアコンを入れ、万里子を呼ぶためにアトリエに行きドアを叩いた。何度ノックしても中から応答がない。溝口が来たことを知った万里子が、わざと聞こえないふりをしているのかもしれないと思って、何度も強くノックを続けた。

万里子はどこかへ出かけて、中にいないのではないかと、ようやく気づいた映子は、「開けますよ」と大きな声で言うとノブを回した。ドアはあっけない軽さで開き、油絵具の刺激臭が映子の鼻孔につーんとつきささってきた。室内は静まりかえっていて、人がいる気配は全く感じられない。それでも、映子は、

「万里子さん、万里子さん」

と室内に入り込み、大声で呼んでみた。

床には様々な色の絵具の染みができていて、その上に立っている映子のスリッパの裏にも染みつきそうな気がした。

応接間に溝口を通してしまった。万里子に、後はまかせて自分は外出するはずだった。それが見事に裏切られた。映子が則夫を送って駅に行っている間に、万里子は外出してしまったのだ。溝口が来るとわかっているのに、何故、万里子は外出なんかしたのだろう。溝口を意識して避けたのだろうか。万里子は溝口に特別な感情を持っていると思っていたのは、映子の単な

る思い込みだったのだろうか。溝口が来ることになっているのを、映子が忘れていたように、万里子も忘れていて、行きつけの文房具屋に絵具でも買いに行っているのかもしれない。そうだとしたら、すぐに帰ってくるはずだ。それに、溝口が来る時間はわかっていなかったのだ。こんなに早く来るとは思わず、万里子は溝口が来る前に用件をすませておこうとして、出かけたのかもしれない。多分そういうことだろう。いずれにしろ、すぐ戻ってくるだろう。

万里子が外出していたことに気づかなかった自分のうかつさに、腹立たしいものを覚えながら、映子はキッチンに行き、コーヒーメーカーをセットし、冷えたおしぼりと氷水と灰皿を持って応接間に戻った。

「ごめんなさいお待たせして。万里子さんがいると思ってたら、ちょっと出てるみたい。でも、すぐ戻ってくるはずだわ。今、コーヒーを沸かしてますから、ゆっくりしてらして」

映子は溝口の真向かいに座ると、盆の上の物をテーブルの上に置いていく。溝口は目の前の映子をまともに見ることができないのだろう、彼女の頭越しに、壁にかかっている絵をじっと見ている。

「この絵、誰が描いたんですか？」

映子はそれにはすぐには答えず、

「溝口さんは絵がお好きなの？」

とたずねた。

「いや、好きとか嫌いとか、そんなことあらためて考えたことありませんよ」

「その絵は万里子さんが描いたのよ」

「へー、凄いですね」

「凄い？」

「いや、こんな大きな絵がよく描けるなと思ったものですから。これ、五〇号はあるでしょう」

「そう、五〇号よ、今年の県展で特賞になった絵ですって」

「特賞ですか。というと、万里子さんは随分絵が上手いんですね」

「ほとんど一日中アトリエに籠もってるもの」

溝口はようやく絵から目を離すと、おしぼりを手に取った。映子はとっさの間に、三十分間だけ溝口を引き止めようと決心した。それまでに万里子が帰ってくればバトンタッチして、あとは万里子にまかせよう。もし、三十分経っても万里子が帰ってこなければ、それはそれで万里子に運が無かったということになる。三十分も待って貰ったんだと言えば、万里子も納得してくれるだろう。そう決めると映子は気が楽になった。三十分間、何とか話をつないでいけばいい。

映子は台所に立って行き、コーヒーを二つのカップに入れてきた。

「主人があなたに美味しいコーヒーをお出しするようにって」

溝口は、また、目のやり場に困ったように目を壁の絵に移した。映子は笑い出したくなるのをこらえながら、片方の手で衿元を取り繕い、もう一方の手で溝口にコーヒーをすすめた。

「この絵の題は何というのですか？」

今度の質問にも映子はすぐには答えない。

「何だと思う？」

「さあ」

溝口は本当にわからないらしい。溝口に限らず、応接間に通された客で、誰も題名を言い当てた者はいない。

「これ、抽象画でしょう？　抽象画は何を描いているのか、描いた本人にしかわかりませんよ。題名を聞いて、そこではじめて、なるほどということになるんじゃないですか？」

「さあ、抽象のような、具象のような。でもね、子供にはこの絵の題がわかるのよ」

『透かし窓』という題がついたその絵は、五〇号の画布のほとんど一面に緑色の濃淡かそのバリエーションの色調が海のように広がっており、黄、朱、灰、紫、青…と、いくつもの色が、その一つ一つは僅かな量で、形といったものもないのだが、思いがけない重量感を持ってそれぞれがゆるぎのない位置を占めている。画面のほぼ中央を、一本の黒い太い線が真横に走っている。それが窓の桟で、その桟によって上下に分けられた緑色の海は、窓ガラスを透かして見える中庭の樹々の葉の密な重なりだ。

この絵がここに掛けられて一月程経った頃だっただろうか、子供連れの客があった。五歳の女の子は絵を一目見るなり、

「これ、窓ね」

と、叫んだ。

「何故、窓ってわかるの?」

映子はたずねた。

子供は得意気に胸をそらせると、応接間の窓を指差した。

「ほら、窓から木の葉っぱがいっぱい見えるでしょう、あれと同じよ」

万里子がケーキを運んできた。ケーキに気をとられた子供はもう二度と壁の絵を見ようとしなかった。

透明な窓ガラス越しの中庭の植え込みがモチーフになっているこの作品は、ただそれだけのものとして見れば、色づかいといい、構図といい、映子には好ましいものに映る。しかし、映子の目にはこの絵は不気味に迫ってくる。樹々の枝葉の重なりの真奥の闇の向こうから、則夫

と映子の寝室の窓をじっと見据える万里子の暗い目を感じるからだ。感じるというより現実に見えてくるといった方がいいかもしれない。映子はそして同時に「あなたはもう歳なのよ」と言う彼女自身の声も聞いている。そしてこの言葉が持つ暗いイメージに、則夫だけでなく、映子自身が傷ついていることも知っている。

この子供は、緑色の海の拡がりの奥から覗いている大人の女の双つの目に、ひょっとしたら気づいているのではないだろうか。映子は、一瞬、自分が抱いたとんでもない妄想に戸惑って女の子の方をみた。子供は、しかし、ケーキにただ心を奪われているだけだった。

ある日、映子が外出先から帰宅すると、則夫と万里子が一枚の大きな絵を応接間の壁に掛けようとしていた。その日は日曜日で、珍しく則夫はゴルフにも行かずに家にいた。則夫はにこにこしながら映子に言った。

「これ、万里子の絵だよ。今度の県展で特賞をとった作品だ」

五〇号の絵を壁に掛ける作業はそれ程簡単ではなさそうだった。手伝おうとした映子に、

「『透かし窓』という題だ」

と、則夫は言った。

「万里子のアトリエの窓から中庭の植え込みを見て描いたものだそうだ」

思わず手を引っ込めた映子は少し離れたところに立って画面を見た。そんな映子に頓着なし

に則夫は続けた。

「娘の絵を応接間に飾るなんて、親馬鹿もいいところだと君は思うかもしれないが、しかし、この絵は県展で特賞になった特別の絵なんだ。だからここに掛けて人に見せたっておかしくはないんだよ。万里子にとっても、ここでいろんな人に見て貰って感想を聞かせて貰えれば、励みにもなるし、勉強にもなる。万里子はこれからもずっと絵を描き続けていきたいと言っている。無論、結婚したって、絵は描いていけるんだから」

県展の特賞というのがどの程度のレベルか、映子は知らない。しかし、多分、素人の域を出てはいないのではないだろうか。映子はそれまでに、何点もの万里子の絵を見てきているので、万里子がどの程度のレベルにあるか、おおよそのところ言い当てることができる。三号か四号くらいの、小さなものを居間か食堂の壁に飾るのはいいだろう。しかし、五〇号もの大きな物を、応接間に飾ろうとする父娘の神経には、ついていけない気がする。ただ、それを言えば、万里子の手前、則夫の立場が悪くなることは間違いないだろうし、映子は大抵の場合、則夫に従順だった。この場合も、則夫と万里子父娘の無神経さが、客間に通された者の顰蹙をかうかもしれないとしても、それはそれだけのことで、映子が非難されることではない。また、この絵を見た者は、万里子が本当は何を描きたかったのか、そこまでは考えが及ぶはずもないのだ。それは、映子と万里子二人だけの秘密であって、その秘密を明かして、則夫にこの絵を掛けることに反対することもないだろう。そう考えて、映子は、また、絵に近づいて手伝うことにした。映子の頭上から則夫の声が聞こえてきた。彼は脚立の一番上に立って、壁にフックを打ちつけている。

「透かし窓ってなかなかいい題だね。君もそう思うだろう?」

カンバスの中央を太く横切る黒い一本の線が、上と下に増幅しながら太り続け、やがて画面中が真っ黒に塗り潰されていく。その漆黒の闇の中に光る双つの目がある。映子は絵を支えている一方の端を思わず取り落としそうになった。はっと気を取り直して、隣でもう一方の端を支えている万里子を見た。万里子は昂然と頭を上げて則夫の手の動きを追っていたが、視線をゆっくりと映子に移し、射すくめるように見た。

映子は溝口に言った。

「これ、『透かし窓』という題なのよ。そう聞けばお分かりになる?」

映子もコーヒー碗を持ち上げて一口飲み込んだ。溝口は一言、

「そう言われればそうですかね」

と、言ったきりで、それ以上のことは言わない。自分でも認めていたように、絵というものにさして関心を持っていないのだろう。それに、彼は明らかに退屈し始めていた。その表情を隠そうとしない。率直な性格なのだろう。映子はそんな溝口に好感を抱いた。時計を覗くと

二十分程経っている。万里子はまだ帰って来ない。あと十分、なんとか溝口に居てもらう口実を考えなくてはと、映子は溝口の空のカップを覗き込んで、

「もう一杯いかが」

とすすめてみた。溝口は、

「結構です」

とそっけない。それから痺れを切らしたように言った。

「常務から頼まれている書類をいただきたいのですが」

「ええ、すぐお持ちしますわ。でも、もう万里子さんが帰ってくるはずだわ。それまでは居て下さいね」

「その書類は万里子さんがお持ちなんですか？」

「そうじゃないけど、でも溝口さんがいらしたら、ご挨拶したいって言ってたから」

溝口は「まさか」と言いながら、白い健康そうな歯を見せて笑った。

「そうね、溝口さんもお忙しい体だから、あまり引き止めても悪いわね」

映子はコーヒーの最後の一口を飲み終えると、立ち上がった。

「じゃあ、ちょっとお待ちになっててね。書類を取ってきますから」

万里子と溝口は結局縁が無かったということだろうかと、映子は則夫の書斎がある二階の階

段を上りながら思った。しかし、そう結論づけることもないだろう、溝口は則夫の部下だし、同じ市内に住んでいる、これから先、二人が会うチャンスはいくらでもあるのだ。

廊下はかぎの手になっている。そこを曲がりながら、映子は、ふと、洋服を着替えようと思いついた。溝口が鳴らすチャイムを聞いてからの、一連の慌ただしさの中で、そのことに気が回らなかった。ドライヤーを使いかけたままの髪にも、少し櫛を入れよう。それで十分か十五分、溝口を待たせることになったとしても、溝口には待たせられた理由がわかって、失礼とは思わないだろう。その間に万里子が帰ってくるかもしれない。

映子は則夫の書斎の前を通り過ぎ、廊下のつき当たりにある寝室のドアを開けた。中に入るとボディローションのバラの香りが、そこはかとなく匂ってきた。つい三十分程前、ここで浸っていた一刻の気怠く甘美な思いが蘇り、映子は何故かふと物哀しい気分に襲われた。彼女はエアコンの温度を最低にしてスイッチをいれた。ベッドの上に、先程選びかけていた衣服がそのまま乱雑に置かれている。それらは外出着なので、今から着替えるのには合わない。取りあえず溝口を送りだすまでの間のことだからと、胸があまり開かず、袖もちゃんとついているホームドレスを着ることにして、扉が開いたままのクローゼットの方に体を向けた。

クローゼットの扉裏の鏡に溝口の姿が映っている。映子は無意識に衿のあたりをかきあわせ、じりじりと壁際に後ずさりしていった。「出ていって」と叫んだ。叫んだつもりだったが、喉から出た声は呻き声のようで、ひしゃがれていた。溝口はそんなことにはひるまず、まっすぐに映子めがけてつき進んできた。映子の両肩を掴み、ついで広い胸に抱きすくめた。そしてその勢いのまま、映子を抱え上げると、ベッドに倒れこんだ。映子は完全に自由を奪われていた。口は溝口の厚い胸で塞がれている。両腕は彼の両腕で、両足は彼の両足で押さえこまれている。もがけばもがくほど、溝口は力を入れて締めつけてくる。映子は力を抜いた。彼女は諦めていた。男が本気で力を出せば敵うはずがないということは、既に知っている。十数年前と同じ状況が今また彼女を襲っている。彼女は目を瞑り、溝口の手が彼女の衣服を剥ぎとるのにまかせた。

両の瞼から涙が細い一筋の糸となって流れ落ちていくのがわかった。あの時も涙を流した。あの時の涙は恐怖と絶望と悲しさのせいだった。今のこの涙は何のために流れ落ちているのだろうか。映子には今はそう自問するだけの余裕があった。あの時の男は荒々しい息づかいのまま、映子を一人残して室を出ていったが、溝口は荒い息が静まるのを待つかのように、映子の傍に裸のままの体を横たえた。

「何故こんなことしたの？」

「あなたが悪いんですよ。あんなすけすけの洋服を着て、髪も濡れていた」

溝口は映子のことを、あなたと言った。馴れ馴れしくなった溝口に、映子は嫌悪感を覚えた。

「常務が知ったら怒るわ」

「知れるはずがないでしょう」

「万里子さんが告げ口するかもしれないでしょう」

「万里子さんは留守でしょう」

「もう、帰ってるかもしれないわ」

「常務に知れたって、僕は別に構いませんよ」

「それはどういう意味?」

「あなたを僕が引受けてもいいってことです」

溝口の馴れ馴れしさは、そこまで覚悟したことの証だとでもいうのだろうか。それを映子が本気にするとでも思っているのだろうか。

「馬鹿なこと言わないで」

風が強くなったようだ。窓ガラス越しに木の葉が大きく揺れているのが見える。それにいつの間にか空がすっかり黒雲に覆われている。今にも降り出しそうな気配だ。窓の外をじっと見ている映子に気づいて、溝口も同じところに視線を動かした。

「あの窓の向こうに万里子さんのアトリエがあるの。アトリエの窓から、今の私達の姿見られてるかもしれない」

映子が言っている事柄の意味がわからない溝口は笑った。

「あなたは常務と寝る時、いつもそんな妄想を抱いているんですか?」

「妄想じゃなくて、事実なの」

「あんなに木が繁ってて、この中が見えるはずないでしょう。それに夜は暗いし室の中のカーテンだっておろしてるんでしょう。おまけにこっちは二階だし」

と、言いながら、溝口は真顔になった。

「しかし、それが仮に事実だとして、何故、万里子さんはそんなことをするんですか? そんなことをする理由があるんですか?」

「私に対する挑戦かもしれない」

「何故あなたに挑戦するんですか?」

「私が万里子さんの大切なパパを奪ったからでしょうね。あの父娘は母親が亡くなったあと、二人切りでずっと暮らしてきたからかもしれないけど、とても情が濃くて、私が入っていけない部分があるのよ」

「しかし、万里子さんだってそれなりに分別はつく歳でしょう」

「でも、万里子さんて不思議な人なのよ、歳はとってても、その歳相応には成長してないところがあるの」

「万里子さんて、お幾つなんですか？」

「私より五つ下だから、二十八かしら」

映子はそう答えながら、映子が結婚した歳も二十八だったことに、思いを至らせた。

「二十八か、万里子さんも結婚すべきですね。そしてあのアトリエから旅立たなきゃ」

溝口はそれから視線を天井に戻すと言葉を続けた。

「ひょっとしたら、常務はあなたと僕がこんなことになるのを予想して、僕をこの家に寄越したのかもしれませんね」

「どういう意味で言ってるの？」

「失礼ですけど常務はもうお歳ですから、本当にこれは失礼な話ですが、若い奥さんをいつも満足させられないという思いがあって、それで何というか、そのお詫びみたいな意味で。しかし、これはあくまで僕の想像ですよ」

溝口の言葉は映子を叩きのめした。彼女がしばしば口にする、「あなたはもう歳だわ」というせりふが、則夫をここまで追い込んでいたとでもいうのだろうか。性関係というものは、結婚生活を続けていく上で、それ程ウエイトが高いものではなく、ある程度の義務感で拘束はされても、その程度のものでしかないと、彼女は考えてきた。無論、男と女にそれぞれ独自に付与された属性の違いから、男が決して女と同程度に義務感で行為ができるものではないとはわかっている。ただ、肉体的な欲望はその能力と共に徐々に失われていき、則夫くらいの年齢になれば、それ程の意味も重要性も持たないのではないかと、不遜にも考えていた。しかも、則夫との行為がうまくいかないのは、彼女自身のおぞましい過去の記憶が最大の原因で、則夫の歳のせいなんかでは決してないと、彼女自身ひそかに思ってきたことであった。則夫は映子がいつも言う「あなたはもう歳なのよ」という言葉を真に受けて、三十歳も年下の妻の相手が無事につとまらないと錯覚して、これはまさに錯覚でしかないのに、自分の身代わりに若い男を与えたというのだろうか。

則夫の深い悲しみが伝わってくるようで、映子の瞼から涙がどっと溢れた。彼女はうつ伏せになると、声を殺して泣いた。

風がいっそう強くなったらしい。窓ガラスが音を立てはじめた。遠くの方からゴーッという低い地鳴りのような響きがした。と思うと、ベッドが揺れ、チェストの上の置物の類が、ざーっと波にさらわれるようにして床に落ちていった。

「地震ですよ」

と、溝口は言うと、飛び起きようとした。映子はその溝口の胸に全身で覆いかぶさった。映子の身内に、ほんの数分前に彼女を襲った悦楽の情感が再び蘇った。

「もう一度同じ体験をするのが一番いいんですよ」

不意にあの時の木崎医師の言葉が映子の全身を貫いて聞こえてきた。

「動かないで」

溝口は驚いたようだったが、そのままの姿勢で、映子を抱きしめた。

「かなりひどい地震ですよ。逃げたほうがいいかもしれない」

「ひどい方がいい。このまま、この家の下敷になって死にたい」

「僕達二人とも裸ですよ。死ぬのは構わないけど、何か着てないと恥ずかしいですよ」

「裸だからいいの。私達の死体を見つけた人達は恥さらしだと言って、きっと囃すわ」

「恥さらしか、それもいいですね」

「そう、そして地獄に落ちるの」

「よし、決めた、地獄に落ちましょう」

溝口は強靭なバネのように身を翻して、映子の上になった。

地震はいつの間にかおさまっていた。いっときの後、映子は身を起こし、溝口に言った。

「さ、もうお帰りになって」

溝口も起き上った。

「僕はどういう事態になっても構いませんよ。もともと転職組です。今の職場に未練はありません。あなたに対する責任はとるつもりです」

「ありがとう、その言葉で充分だわ。今日のことはお互いに、きれいさっぱり忘れましょう」

「男の僕にはそれはできるが、女のあなたにそれができるんですか?」

「ええ、できますとも」

映子はきっぱりと言いきった。

「私、今から東京に発つつもりよ。今朝、主人を見送った時、出て来ないかって誘われてたの。熱海か伊豆かに連れて行ってくれるって」

溝口は黙って洋服を着終わると、映子の方へ右手を差し出した。

「お気をつけてと言うべきなんでしょうかね」

映子は両手で溝口の手を挟みこむようにして強く握った。

「さようなら、送らないわ。書類は隣の書斎の机の上にあります。持って行ってください」

溝口が出て行った後、映子は窓に寄り、カーテンを閉ざした。あかりをつけ、クローゼットに近づこうとしたその足先に、何かが触れた。チェストから転がり落ちた置物の類だった。籐篭の小物入れの蓋が開き、中のものが飛び出している。ハンカチや香水の小瓶、クリップ、メモ帳、爪きりといったものだ。映子の胸にこみ上げてくるものがあった。今日のことは則夫が映子につきつけた踏絵だった。則夫のこの卑怯な策略は、しかし、映子が踏絵を踏んでしまったそのとたんに則夫から映子に対する贈物に変わってしまったのだ。かがみこんで、その一つ一つを拾いあげていきながら、映子は今日のことでいろいろ考えるのはもう止そうと決めた。籐篭の中に落ちていたものをすっかり戻すと、チェストの上の元あった場所に置いた。これで、今日この室で起こった出来事の痕跡はすっかり消えたのだ。いや、消したのだ。贈物を素直に受けとるだけだ。

映子は外出着に着替えると、髪を梳かしつけ、顔に薄くパウダーをはたき、口紅を少し濃いめにつけた。バッグの中に駅で則夫から渡されたメモが入っていることを確かめると、あかりを消し、エアコンを止め、寝室を出た。まっすぐ空港に行き、飛行機の待ち時間があれば、その時、万里子に電話をして留守を頼むつもりだった。

応接間の前を通りすぎようとした時、映子は中で奇妙な音が微かにするのを聞いて、足をとめた。扉をそっと開けて中を覗き込むと、そこに万里子がいた。

壁の絵が大きく斜めに落ちかかっている。多分、さき程の地震のせいだろう。それを万里子が下から持ち上げて、何とかフックに掛けて元の位置に戻そうとしているのだが、なかなかうまくいかず、絵が壁を擦ってばかりいる。それが映子が聞いた奇妙な音の正体だった。フックは高い所にあり、絵は重いので、万里子は苦労している。手を貸そうとして映子は室内に入り、万里子の後ろに立った。今朝までの万里子のストレートのロングヘアーが、肩の少し上までのカーリーヘアーに変わっていた。万里子の肩は小刻みに震えている。万里子は泣いているのだった。万里子がいなかったのは、美容院へ行っていたからだ。溝口が訪ねてくるとわかって、美容院へ行き、髪を切りパーマをかけてきたのだ。美容院から戻ってきた玄関で、溝口の靴を見つけ、応接間で二個の空のコーヒーカップを見つけた。万里子は全てを察したことだろう。

映子はなすすべを見出せないまま、いつまでも万里子の震える肩を見つめていた。

五年間、映子は万里子と一つ家で暮らしてきた。万里子の存在がうとましくなかったと言えば嘘になる。しかし、いつも、いつも万里子の存在が映子の神経に、うとましくひっかかっていたわけではない。万里子の存在すらすっかり忘れている時もあった。同じ家の中で暮らしているとはいっても、二人の生活パターンは驚く程違っていたから、それができたのかもしれない。映子は万里子のためになる気遣いを、意識してしないできた。それは、万里子に対する干渉になるし、万里子の負担になってはいけないとの思いからだった。同じ理由から、逆に、万里子の不利益になることも、当然避けてきた、と、ずっと信じてきた。しかし、今目の前で、肩を震わせている万里子を見ていると、映子の五年間のこうした思いは、実は表層の上でのことで、深層のところでは、映子は万里子を絶えず意識し、万里子を陥れる機会をじっと狙っていたのではないだろうか。溝口が来た時、映子は最初、少し溝口を待たせても、もっと普通の衣服を着ることはできたし、髪に櫛を入れることだってできた。映子はそれをしなかった。アトリエに万里子を呼びにいって、万里子が居ないとわかった時、決定的な機会を捉えた映子の無意識下の意識が頭をもたげ、行動を開始したのかもしれない。

映子の手から力なくバッグが床に落ちた。映子は万里子に近寄ると、額縁を支えている万里子の手をとって額縁から離しながら言った。

「私達の手では無理よ、パパが帰ってきてから掛けなおしてもらいましょう」

万里子の髪からコールドパーマ液の香が強く匂ってくる。万里子は生まれて初めてパーマをかけたのだ。不意に万里子に対する愛しさが映子の胸に溢れてきて、思わず万里子を抱き締めた。万里子は素直に映子に抱かれたまま、いつまでも泣きじゃくっている。映子は万里子の縮れた髪を軽く何度も撫でた。

「パーマをかけたのね。よく似合ってるわ」

映子は万里子の体をそっと起こすと、床からバッグを拾いあげ、中から、則夫が渡していった、映子にはもう無用なものとなった名刺を取り出し、万里子の手に握らせた。

「これに、パパの東京の宿が書いてあるわ。何かあったら連絡するといいわ。私、今からちょっと出かけて、今夜はもう帰らないと思うの。戸締りをしっかりして、留守をよろしくお願いします。そうそう、玲子さん達が、万里子さんの絵を見に来たいって言ってたわ。今朝、駅で会ったのよ」

それから、万里子のまだ濡れている目をじっと見つめながら言った。

「ごめんなさいね」

戸外に出ると、台風の影響が出はじめたのか、遅い午後の日射しをにぶく受けながら、今映子が出て来た家の塀ごしに見える、ヒマラヤ杉や、樅や銀木犀の木立の群の上を雲の塊が、厚みを増しながら、いくつも足早に流れていく。

青葉木菟
あおばずく

喫茶店ルナは二〇坪ほどの店内に、角型の他にも、丸型や楕円型のテーブルが不規則にゆったりと置かれているので、実際の坪数よりは、広く感じられる。窓の数が少なく、その分、壁面が多い設計になっている。

その壁面に、オーナーT氏の愛人の桐子さんは彼女が描いた絵を飾る。もっとも、決して広くはない店内だから、三〇号くらいの絵であれば、五、六枚もかけると、それで壁面は埋まってしまう。桐子さんは謙虚な性格らしく、彼女の絵がかけられる場があるだけで、充分満足しているらしい。町の中心部の画廊で個展を開いたり、もっと広い画廊喫茶をT氏にねだったりはしない。それはもう少し上手になってからのことで、今はルナにコーヒーを飲みに来るお客に見てもらえるだけでいいといっているそうだ。

しかし、ルナを訪れる客は少ない。まして桐子さんの絵を見るためにわざわざ来る客など、特定の者を除けばいないに等しい。特定の客というのは、たとえば、彼女の絵の先生であるU画伯の門下生達で、U画伯から無理強いされてお義理で来たりする連中のことだ。

ルナに、もしいっぱい客が入ったとすると、一度に三十人は入ることができるだろう。しかし、多い時で十人程で、誰もいない時も珍しくない。その原因はいろいろあるだろう。街の中心部から離れすぎているという立地の悪さもある。また、多分、卓二がいうようにマスターにやる気がないのも、その一つかもしれない。しかし、そんなマスターを許しているオーナーにも責任があるわけだから、オーナーにもやる気がないのだろう。

「ルナは桐子さんの画廊代わりだから、コーヒーの売上なんか問題じゃないんだろう。マスターだってやる気をなくすさ」

と、卓二はマスターの島崎さんに、同情している。島崎さんは卓二の高校時代の先輩である。しかもクラブの陸上部の先輩でもある。そんなわけで、私達はルナを利用するようになった。ルナの客の入り具合を心配したりするのだが、本当は少ない方が私達にとってはありがたい。いつ行っても好きな場所に陣どることができるし、隣の卓に他の客が座ってくることはまずないので、内緒の話だって回りを気にせずにできる。それに何時間でも平気でいられる。こんな都合のいい場所はない。

ルナの客の入りが悪い原因で決定的なのは、実はオーナーT氏の職業だろうと、私達は密かに思っている。T氏は地場で不動産業と土建業を手広くやっている。それだけであれば、別段問題はないのだが、その筋の仕事の方が本業だという噂がある。それは事実だろう。

Ｔ氏の愛人がルナを経営しているわけではなく、事実、桐子さんはめったにルナに現れることはない。ただ、絵を飾っているだけなのだが、世間には〈やくざの愛人がやっている喫茶店〉という風評がたっていて、それで敬遠されているらしい。

桐子さんの絵についての評価はまちまちのようだ。〈退屈しのぎの素人芸〉だと、おおむね不評のようだが、それは桐子さんの〈愛人〉という立場が災いして、正当に評価されていないからだとも思える。

私は絵のことはよく判らない。自分で描くこともないし、友人のＲ子のように精力的に画廊めぐりをするわけでもない。だから、本当は桐子さんの絵についてあれこれいう資格はないのだが、とっさの感想としていわせてもらえば、確かに、素人の域をまだ出ていないようだし特別の才能があるようにも思えないが、描く目標を追っている眼差しの一途さだけは感じられる気がするのだ。その気迫が見る者の目をひきつけるというのか、心に訴えるというのか、私はそんな思いで彼女の絵を見ている。かといって、それは彼女の絵の前にじかに立っている時の感想で、今、ルナにどんな絵がかかっているかと訊ねられてもすぐには答えられない。ルナに私は桐子さんの絵を見るために行くわけではないし、行ってもそれほど注意深く見るわけではない。新しい絵にかけかえられた時は、一度は絵の前に足を運ぶが、その時だけで、あとはほとんど絵のことにには注意がいかない。私は卓二と話をするためにだけ、ルナに行くのだから。

一度だけ、私は桐子さんに会ったことがある。私が卓二をルナに呼び出し、その約束の時間に私は早く来ていたのだが、卓二はぎりぎりになってやって来た。私達の待ち合わせは大抵そういうことになるのだが、卓二は大学の理学部の助手という立場上、実験の仕事が多く、なかなか抜けられない時もあるので、仕方がないことなのだ。私も卓二を待つ間いらいらしなくていいように、大抵、文庫本を一冊、バッグの中に入れていく。注文したコーヒーも一口、一口をゆっくり飲みながら卓二を待つ習慣ができている。それでも間がもたず、二杯目のコーヒーを頼んだ後、やっと卓二が現れることもある。

その時は、まだ一杯目のコーヒーが半分くらい減った頃、卓二がルナの扉を開け、まるで彼が案内でもしてきたかのように、三人連れの男女が卓二の後から店内に入って来た。卓二はまっすぐに私のテーブルに「ごめん、待った?」といいながら、近づいて来た。男女の連れは入口で彼らを迎えたマスターと何か話していたが、壁際に向かって行く。恰幅のいい五十がらみの男と背がいやに高くて目が鋭い若い男、それに三十になったばかりくらいの小柄な女性の三人である。

マスターが卓二のコーヒーを運んできて、

「あれが桐子さんですよ」

と囁いた。

「新しい絵が完成したので、かけかえに来たんです」

そういえば、若い男がハトロン紙につつんだ、床に届くように大きな荷物を運んでいた。その包み紙が音をたててはがされている。

「見てみようか?」

卓二はもう立ち上がっている。

「そうね、今度はどんな絵かしら」

私達は島崎さんの後について行った。

この時、私は近々と桐子さんを見た。遠目にも小柄に見えたが、並んで立ってみても、かなり高いヒールの靴を履いているのだが、私の目の高さしかない。私が一六五センチだから、多分、一五二、三センチくらいのものだろう。小柄な割りには面太い。顎がしゃくれ気味で、決して美人とはいえないし、痩せぎすではあるがスタイルがよいわけでもない。ただ、肌の色はすき透るようなピンク色で美しい。長くてカールした髪は暗赤色で艶やかな光を帯びている。この赤毛は恐らく染めたのではなく、生来のものだろう。染めたものはやはり判るのだ。黒いタートルネックのセーターは薄手で上質のカシミアらしい。それにグレイのフラノのタイトスカートという地味な服装といい、全体的に桐子さんがかもし出している雰囲気というものは、〈愛人〉という語感がもっているイメージからは遠い。

若い男に向かっていろいろ指図している中年の男が、T氏だとばかり私は思っていたが、そうではなく彼がU画伯だと、これは後でわかったことだが、そのU画伯は時折り小声で、桐子さんに向かって何かいっている。それに対して彼女は一々頷いてみせているが声は出さない。私は桐子さんがどんな声の持ち主か知りたいと思ったが、島崎さんは彼らを私達に紹介しようとしない。洋梨とざくろが描かれていた絵にかわってかけられた桐子さんの新しい絵は、池だか湖だかわからないが、緑色の水草で一面覆われている水面に、白い一隻のボートが浮かんでいるものだ。ボートには誰も乗っていない。手前側のオールが今にも水に掬いとられ流されていきそうなおぼつかなさで繋がれている。それが見ている私を不安に陥らせる。ひょっとしたら向こう側のオールは既に流されてしまっているのかもしれない。

「これ、何という題ですか?」

私は桐子さんの背後から声をかけた。

桐子さんの薄い肩のあたりが一瞬、ぴくっとしたように動き、振り向いて私をまじまじと見た。彼女の目は鳶色をしていた。色白というのはメラニン色素の量がそれだけ少ないせいだということを聞いたことがあるが、それは肌の色だけに作用するのではなく、瞳の色にも関わっているのだろうか、私はふっとそんなことを考えた。

「まだ、別に考えていません」

桐子さんはわずかに微笑みを見せながら、ゆっくりと答えた。

少し鼻にかかったハスキーな声だ。多分、彼女はハスキーな声を出すのではないかと、私は無意識のうちに思っていた。その勘があたったことで私は何故かほっとしながら、次の言葉を探した。この時、島崎さんがようやくという感じで、私達を紹介し、

「お二人にはよく絵を見に来てもらってます」

とつけ加えた。島崎さんにしてみたら、U画伯や桐子さんに対してせいいっぱいのお世辞をいったつもりなのかもしれないが、彼のいつも通りの素っ気ない口振りがかえって、真実味を帯びて聞こえたのかもしれない。U画伯は振り向くと、丁寧に私達に頭を下げた。

「ありがたいことです。あなた方も絵をおやりなのですか」

「いえ、とてもそんな才能はありません。でも見るのは好きです」

こんな場合はこの程度の無難な答えをしておけばいいのだろうか。

「どうでしょう、まだ、この絵には題がついていないようだから、よろしかったらいい題を考えてやってくれませんか」

U画伯は真顔でいう。

「まあ、とんでもないことですわ」

人が描いた絵に題をつけるなんて、そんな不遜なことができるわけがない。私達は早々に

テーブルに戻った。

本当は、この日、私は大切な用件があって、卓二をルナに呼び出したのだった。しかし、桐子さんの新しい絵を見たりした後で、何となく機先を制されたような気持ちになり、いい出すのがためらわれていた。

そのうち、桐子さん達が帰っていき、島崎さんが、私達のテーブルにやってきた。自分用にカップを一つと、コーヒーがなみなみと入っているガラスのポットを銀色の盆に載せている。彼は、

「これ、サービス」

といいながら、卓二の隣に席を占めた。島崎さんは、時々、こうやって私達と一緒にコーヒーを飲む。もっとも客がほとんど入っていない時に限られてはいる。恐らく、退屈でたまらないからだろう。だから、大した話をするわけではない。主に卓二と高校の時の陸上部での思い出話である。私にはおもしろくも何ともない話なので、それが顔に現れるのでろう、島崎さんはあわてて、

「すみません、こんなつまらない話をして」

と、詫びるが、それほど気にしているようでもない。

私は今日は桐子さんのことを少し訊ねてみたいと思った。

「いや、実は僕もあまりよくは知らないんですよ」

島崎さんは人の噂話をするのは、あまり好まないらしい。逆にいえば、他人のことに関心を持たないということかもしれない。ルナでのやる気のない島崎さんを思えば、納得できることだ。それでも、私達は桐子さんについての情報を少し得ることができた。

桐子さんはU画伯の実の姪であること、T氏はU画伯のパトロン的な立場にあり、画伯はT氏から自分が描いた絵を相当量買ってもらっていること。桐子さんの両親は彼女が中学生の頃、相次いで亡くなり、その後は、桐子さんの母親の弟である画伯が桐子さんの親代わりとなって、美大の短期学部まで出してやったこと。その後、桐子さんはU画伯の絵画教室の助手をしているうちに、いつの間にかT氏の世話を受けるようになったこと等。

「まるで、人身御供じゃありませんか」

と、卓二がやや古風な言い方で驚いてみせたのに対して、島崎さんはかすかに苦笑いしながら、

「いや、今時、それはないだろう。桐子さんのようなタイプの女性はむしろ、あんな風な生き方を選んでしまうのじゃないのかなあ。男性依存型で、その方が楽だからね」

「私、桐子さんってもっと美人というか、妖艶というか、そんな女性を想像してたの。だって愛人という言葉には、そんな響きがあるでしょう」

「T氏には桐子さんの他にも何人か愛人がいて、中にはその妖艶という語感にぴったりの人もいますよ。それからいかにも情人然とした女もね」

「情人だなんて、先輩は古いですね。今時若い女の子には通じませんよ」

と、卓二が吹き出した。

「そうかな、古いかな。いいさ、俺も若い女の子は苦手だから」

「しかし、正妻がいて、その上何人も愛人がいるとしたら、なかなか桐子さんは構って貰えないんじゃないかな。彼女、とてもおとなしそうだし」

「好きな絵が描ける時間がたっぷりあって、かえっていいんじゃないか」

等、男達が勝手なことをいうのを聞きながら、私は一人ぽっちのマンションの一室で、ただ、絵筆を動かしている桐子さんを想像した。受け口の横顔が妙な鮮明さで私の脳裏に浮かびあがってくる。

客が来て、島崎さんが行ってしまった。卓二がすこし改まった顔になり、

「話って何？」

と、聞いてきたが、私はこの時はもう、何だか疲れてしまっていて、肝心のことをいう気持ちを失っていた。

「もういいの」

「もういいって、じゃあ大したことじゃないんだ」

翌日、私は見合いをすることになっていた。何も知らない卓二はのんびりという。私はそんな卓二を見ながら、苛立ち始めていた。何故、「もういいなんていわずに、話してよ」といえないのだろう。

「そう、大したことじゃないの」

私はその日、とうとう卓二に見合いのことは話さないままだった。

帰り道、私が黙りこんでいるので、卓二はあれこれと話題を探して話しかけてくる。それで私はこの時、はからずも、島崎さんの過去のある出来事を知ることになった。

「ほら、さっき、若い女の子は苦手だからっていってただろう。先輩はだいたい女にだらしないところがあってね」

「あら、私は島崎さんって女嫌いなのかと思ってた。だって、なんとなくそんな雰囲気があるもの」

「今は確かにそうだよ」

島崎さんは大学二年の時に、一年後輩の女子学生を好きになり、アパートで同棲までする仲になったが、女子学生の父親がアパートにどなりこんできて、娘をそのまま連れ帰った。娘は親のいいなりに大学を退めて、見合いをし、結婚してしまった。

「かえってよかったんじゃない。そんなあやふやな気持ちの女じゃ、先が思いやられるわ」

「うん、しかしね、先輩もいい加減だよ、すぐにまた別の女の子というか同じように、一年後輩の学生と付き合い始めてね、それもうまくいかなかったみたい。ほれっぽい質なんだろうね」

「いつも捨てられてたから、それで女嫌いになったの？」

「いや、何人目か知らないけど、クラブの先輩でスナックのホステスをやってた女を好きになってね。彼女も彼が好きだったみたい。それが、誰かがチクッたんだろうね、別れた旦那というのが土地のゴロツキで、二人がホテルにいるところをそいつに見つかって、島崎さんはそれはひどい目に遭ったんだ、半殺しみたいな。三カ月くらい入院していたというし、警察沙汰にもなってね、それで島崎さんは大学にいられなくなって中退。それから大学はもうあきらめてルナのマスターになったってわけ。もう、女はこりごりだっていつもいってるよ」

十二月いっぱいで勤めていた会社を辞め、翌年の二月、私は見合いの相手、山形邦夫と結婚した。

結婚が決まった時、私はルナに卓二を呼び出した。桐子さんの絵はどれもまだ変わってはいなかった。いつものように、一足早く来た私は、島崎さんに、桐子さんのボートの絵に題がついたかどうかたずねてみた。島崎さんは、面倒くさそうに「さあ」と首を傾げてみせ、

「まだ、決まってないようですよ。そのことはもう、U画伯も桐子さんも忘れてるんじゃないのかな。それにあれ以来、二人ともここに来てないし」

それから、「そうか」と気づいたように、

「そういえば、あなた方もあれ以来一度も来てませんね」

「ええ、ちょっといろいろあって、忙しかったの」

島崎さんは他人のことをあまり詮索する性ではないので、この時も、黙って頷いただけだった。

私の結婚が決まった時、私の母はすぐに実の姉にあたる卓二の母に、そのことを知らせたはずだ。私の母も卓二の母もというよりは、双方の父親も、ここ数年、つまり、私達が親の承諾なしに結婚できるという年齢に達してからというもの、私達が結婚するのではないかと常にはらはらしていた。正面きっては決して口にすることはなかったが、そのことをひどく恐れていることがよくわかっていた。だから、私達はいつの間にか、おおっぴらに二人きりで会うのを避けるようになった。ルナで会うのも、親達には内密だった。

私の結婚が決まるということは、だから、双方の家にとって、大変喜ばしいことだった。私の母からそのことを聞いた卓二の母は、すぐに卓二に嬉しい情報を告げたはずだ。その時、卓二がどんな反応を示したか、私は知りたいと思った。卓二からすぐにでも電話がかかってくることを期待したが、案に相違して何の連絡もないまま一週間が過ぎた。私は待ちきれなくなって、私の方から卓二に電話をかけてルナに呼び出した。

卓二を待つ間、私は何も考えていなかった。ルナには相変わらず客の影が見えず、アルバイトの女の子が向こうのテーブルのシュガーポットを所在なげに磨いている。真っ白な布巾の緩慢な動きを、ぼんやりとした目で追っていると、不意に視界がさえぎられて、卓二がいつの間にか目の前に立っていた。

「用って何？」

その性急な物言いがまるで母親にだだをこねている子供のようだ。私は思わず小さな笑い声をたてていた。

「座ったら？」

「ああ」

卓二も一瞬照れたように笑い、どすんと落ち込むような恰好で椅子にかけた。

島崎さんが注文を聞きにきた。

島崎さんは久し振りに現れた卓二に向かって何かいいたそうだったが、私達の間に流れている普段とは違った空気を感じとったのだろう、そのまま行ってしまった。

「用って何？」

と、また卓二はいった。

「わかってるでしょう」というかわりに、私は、切口上で、

「結婚するわ」

といった。こんなに短い一言だったが、声がかすかに震えていた。私は卓二がその時どんな表情をしたか知らない。私はそれを見るのが恐ろしくて、下を向いていたからだ。

卓二に何かいって貰いたくて、下を向いたままいつまでも待っていたが、彼は何もいわない。とうとう私は顔を上げて詰問するようにいった。

「聞こえたでしょう」

「よく聞こえた」

「じゃあ、何かいって」

「何かといわれても」

「でも、何かいって。私はいったんだから」

「そうか、諒子が結婚するのか。とうとうというべきだろうね」

「そう、とうとう。私も二十五になったし、そろそろふんぎりをつけないとね」

「そうだね、二十五になったんだ、ふんぎりをつけないといけないね」

私達はだらだらと、こんなふうに意味もないことをいい合っていた。

「ところで、諒子がふんぎりをつけた相手って誰？」

「お母さんから聞いてるくせに」

「そうそう、おふくろがいってたな。東大出のエリート公務員だって。諒子が断るはずがないってね」

「そう、お断りするなんて勿体なくて」

私はわざとらしくいったが、私が卓二との結婚を断念するためには、まず、私自身を納得させるというか、私自身を騙してしまう理由づけが必要だった。それには、一流の大学を出て、一流の企業に勤めている等、いわゆる世間でいうところのいい条件の結婚話に乗る必要があった。卓二の母がいったという「諒子が断るはずがない」というまさに、その言葉に象徴されている拠り所に私はすがったのだった。

「ごめん、つまらんことといって」

卓二にもわかっていたのだろう。小さな声で詫びた。その妙にしんみりした口調に私の胸はつぶれそうになった。

「仕方がないでしょう」

「そうだね、仕方がないんだよね」

「私も決断したのだから。貴方も早く誰かと結婚して。貴方がいつまでも一人でいると、私、気が変になるかもしれない」

「ああ、わかったよ。いつかこんな日が来るとは思ってたんだがね。いや、思わないようにしてたんだ」

私達には結婚できない理由があった。私達の母同士は姉妹だから、私と卓二は当然いとこ同士の関係にある。母達には一人の兄がいて、彼はつまり私達には伯父になるのだが、その伯父の妻は彼のいとこである。伯父の結婚は、重度の先天性脳性麻痺の子の誕生という結果を招いた。いとこ同士の結婚が原因だとははっきり結論づけられたわけではないが、しかし、一族の者や周辺の者、誰もが、そう信じて疑わない。優生学的に危険があるとされるデータを、現実に、目のあたりに見せつけられている思いでいるのはたしかなことだ。

私と卓二の仲のよさが私達の親達を悩ませている唯一の理由がこれだった。私達も親達も決してその悩みを口にはしない。それはできないことだった。それを口にすることは、伯父と伯母の悲しみを深くすることであるし、二人の間の子、Kの尊厳を傷つけることにもなりかねないからだ。

「先方の親と同居が条件だって?」

「ええ」

「辛気くさくないか?」

「わからない。今は」

「これまで、母親が大切な一人息子にべったりくっついて世話してたんだろう。諒子に簡単に息子の世話をまかせたりはしないだろう」

「それもわからない」

「ま、うまくいかなかったら、その時は二人で家を出ればいいさ」

卓二は私があまりこの問題で深刻にならないように気を使ってくれているらしい。しかし、私はこの問題をもっと重く考えていた。夫の両親との同居というパターンはできれば避けたい。だが、私はすすんで邦夫を選んだのではない。卓二と別れるためにやむをえず邦夫を選んだという立場から考えれば、私が邦夫の両親と同居するという程度の不利益は甘受しなければならないのではないだろうか。しかし、こんなことを卓二にいうべきではないだろう。私はただあいまいに頷きながら、「そうね」といっただけだ。

私達はそれからほとんど大した話もしないまま、ルナで別れた。別れ際に、私は卓二が誘ってくれるのではないかと、心のどこかで願っていた。しかし、卓二は、

「実験の結果が心配だから」

と、一人で足早にルナから出て行った。

卓二が深海魚の卵の孵化実験をしているのは知っていた。深海魚の捕獲はなかなか困難なた

め、その生態がわかりにくい。それで、深海と同じ水圧をかけた実験用の水槽で孵化させた深海魚の稚魚を育てながら、その生態を観察していくのだという。そんな話を聞いたことがある。今、その実験の最中だから忙しい、他のことには構ってなんかいられないとでもいいたいのだろうか。

ルナのがらんとした店内に一人取り残された私は、これ以上いても仕方がないとわかっているのだが、すぐに立ち上がる気にもなれないまま、ぼんやりと座ったまま動かなかった。向こうの方でアルバイトのウエイトレスが一輪挿しの水を替えている。ガラスの花瓶には淡いピンクの花が挿してある。あれは薔薇かもしれない。その花びらを散らさないようにと、そっとした手の動きで、ステンレスのボールに水をこぼし、同じステンレスの水差しから、鶴の首のように細い花瓶の口に新しい水を入れていく。一つのテーブルが終わると、また、次のテーブルに移っていく。

次のテーブルの花の色は黄色だった。薔薇ではなくてスプレー菊のようだ。私はふっと気づいて、目の前の花瓶に目を移した、やはり細い鶴の首のようなガラスの花瓶に、薄い紫色の花が挿してある。トルコキキョウだ。私はそれまで、目の前の花にも目がいってなかった。そんなに余裕がない心で卓二を待ち、卓二と話し、卓二と別れたということなのか、このことは彼を思う心の深さの度合いを意味しているのだろうか。

島崎さんが、卓二のコーヒーカップを下げにきた。

「あいつ、このところ、ずい分忙しそうですね」

当たり障りのない、島崎さんのいい方が、私にはありがたかった。「どうしたんです？　喧嘩でもしたんですか？」といわれてもおかしくない雰囲気の中に、私達はいたし、今、私はその中に置き去りにされたままでいる。

「今度、熱帯魚の水槽を入れようかと考えてるんですよ。あまり有り触れていない、少し珍しい魚を何種類か卓二に選んで貰って」

「いい、アイデアだと思うわ」

「餌とか、水温とかその辺のことは卓二が詳しいはずだから、いろいろ教えて貰えるし」

「それで、このお店のお客が少しは増えるかもしれない」

「だといいですね」

島崎さんととりとめのない話をしているうちに、私はようやく立ち上がる気を起こした。

島崎さんがロッカーからコートを取り出し、ドアを開けて送り出してくれた。

「急に風が出てきましたよ、気をつけて」

島崎さんがいったように、穏やかだった日中の天候が一変して、まるで木枯らしのような風が舞い、路面に落ちた木の葉を巻き上げては散らしている。私はバッグの中からスカーフを取り出して首に巻いた。黒地にクリーム色とグリーンの幾何学模様の絹のスカーフだ。去年のクリスマスに、卓二からプレゼントされたものだ。私はウォーターマンのボールペンを贈った。毎年クリスマスに、私達はプレゼントの交換をした。その習慣は、もう終わった。

道のずっと先の方に、私はふと人の影を見たような気がして目をこらした。ひょっとしたら卓二かもしれない。私を待っているのかもしれないと思うと、胸が早鐘のように鳴り始めた。私は影に追いつこうと小走りになった。しかし、その場所まで行ってみて、私はそれが木立の黒い影だったことを知らされただけだった。

三カ月後に、私は山形邦夫と結婚した。婚約が決まって三カ月後というのは、余りに短い気がして、私はもっと先に延ばすことを主張したのだが、私の両親と山形の両親のできるだけ、早く式をあげるという意見が、完全に一致したため、私は押し切られる形となった。私の両親が急ぐ理由ははっきりしていた。いつ、私の気持ちが変わるかもしれないからだ。気持ちが変わった私が、卓二と結婚してしまうかもしれないからだ。私は邦夫との結婚に対してまったく意欲的でなかった。他人事のように振る舞った。両親はだから、三カ月の間、はらはらし通しだったに違いない。

ただ、山形家が式を急ぐ理由が釈然としない。仲人の口を通して伝えられてくる理由は、邦夫もう三十になった。結婚してないと、男も一人前には見られないから、一日も早い方がいいと、その程度のありふれたものである。それに、私は邦夫とは見合いの時以後、一度も会っていないのだ。私の両親も仲人を通して、式の前に本人同士が充分話し合う機会を設けてくれるようにと、要望した。しかし、「とにかく、邦夫は多忙で、ゆっくりお話し合いをする時間が今はとてもとれない。なにしろ、大変重要なポストにいる身なので。その代わりというわけではないのだが、いつでも自宅においでいただければ、両親が会って、邦夫についてのどんな質問にもお答えしましょう」という意味合いの回答が仲人を通して返ってきた。

昼間、一度だけ、私は仲人夫妻に連れられて、山形家に行った。私はそこで、邦夫の両親から下へも置かないようなもてなしを受けた。邦夫の自室へも案内された。十畳ほどの洋室にはコンピュータやステレオ、テレビ等の、若い男性が当然使っていると予想される機器類が整然と並んでいる。窓際に、大きな天体望遠鏡があるのが、私の目を引いた。

「星にご興味があるんですか」

私の質問に対して、

「今はどうでしょうね、夜、帰りが遅くてなかなか見る暇がないようですよ。学生時代は夏休みで帰ってくると、いつも夜空ばかり見てましたね。星座のことなかなか詳しいですよ。星座にまつわるギリシア神話もね。それに、天文学というのですか、星の誕生とか、消滅とか私どもにはよくわからない難しい話をよくしてくれますよ」

邦夫の父、山形満夫のあまりに淀みの無い答え方に、私は一瞬違和感めいたものを覚えたが、しかし、邦夫が天体に関心があり、その方面の知識もかなりあるらしいというその一点で、私は邦夫に好感を持った。私が邦夫と結婚してもいいという最終的な決意をしたのは、事実この時であったかもしれない。卓二は海の底にいる魚にとりつかれている、邦夫はその対極にある天空にとりつかれているというように、その時の私は無意識のうちに、卓二と邦夫の位置関係を定めたのかもしれない。卓二との離別を決定づけるためにあえて、このこじつけに過ぎない二人の位置関係の設置が必要だったのかもしれない。

山形家を辞すとき、邦夫の母の敦子が、

「今度、邦夫がいる時にお食事をご一緒にいたしましょう。是非いらして下さいね」

と、誘ってくれた。しかし、私の方も、式の日が迫るにつれてその準備に追われて、とてもそんな時間は作れそうになかった。

それに、具体的に何日の何時にお越し下さいという案内も、結局はないままだった。だから、結婚までに、私と邦夫が二人だけで会ったことはなかったことになる。

邦夫の両親が息子の結婚を急いだ理由というのが、この辺りにあった。後でわかったことだが、私と結婚するまでに、邦夫には幾度か結婚話があり見合いも何回かしている。そのうち、三度、婚約に近いところまでこぎつけたが、当人同士二人切りで会ったところ、決まって女の側から断られてきた。邦夫と話をしてみると、どうしてもかみあわないからというのがその主な理由である。私は二人切りになる機会はなかったが、山形家の意向であえてそのように、はかられたということのようだ。

式が一カ月後に迫った時、両家の家族がそろって食事の席を持った。その時、邦夫がどんなことを喋ったか思い出せない。ほとんど口を開かなかったような気がする。そんな邦夫の印象を父は、好意的に評した。

「お喋りな男は実がないというではないか」とまでいった。母の方は、「あまり無口なのも、何を考えてるのかわからない気もする」と、多少は心配したようだったが、早く私と卓二の間を裂きたいという思いが強かったために、邦夫が無口であるという程度の心配は問題にはしなかった。私にしても、天体望遠鏡で星を見るのを好む人物と無口というのは、いかにも似合っているというように受け取ってしまった。

邦夫との結婚を断った三人の女性は、幸運だったと思う。私も彼女達と同じように、二人切りで会う機会を絶対に持つべきであった。そうすれば、私も間違いなく断ったはずだ。私はやはりもっと真剣に結婚というものに向き合うべきであった。そのことを怠ったために、私は強烈なしっぺ返しを受けてしまった。

私の結婚は無残なものだった。式の当日に、私はもうそのことに気づかされた。

私達の結婚式は世間一般によく見られる形式のものであった。私は白無垢の衣装で式に臨み、披露宴のお色直しで振り袖とドレスを着た。邦夫は紋付き袴のあと、タキシードに着替えた。規模から見ると最初の私の思惑よりかなり小さなものになった。山形家側の招待客が意外に少なかった。私はもっと友人達を招びたかったが、招待客は同数でと仲人にいわれ、それに従ったからだ。もっとも、私も私の家族も派手な結婚式を望んではいなかった。こぢんまりとしたものになってよかったと、招待状の宛名書きをしながら思ったことだった。卓二の両親は招待できたが、人数的に卓二までは招ぶことができないことがわかり、ほっとしたのも事実だ。

式とそれに続く披露宴の間中、私は緊張のしづめだった。覚悟はしていたが、想像よりはるかに苛酷な時間だった。幾重にも帯が巻きついた胸は呼吸をする度に苦しく、いっそ息を止めておきたいほどだった。真冬なのに、全身じっとりと汗が滲み出てくる、その不快さといったらない。祝辞を貰う度に立ち上がり、笑顔を浮かべ、鬘で鉛のように重い頭を下げなければならない辛さに、いつ目眩みがして倒れるかと気が気ではない。それに加えて、隣席の邦夫のおよそ常識的でない態度を目の当たりにして、それをどう受け止めていいか、すでに私の頭の中はそのことのために、激しく揺れ動いているのだった。邦夫には私と共に会場の注目を一身に浴びているという意識がまるでないかのようであった。彼はどんな場面になっても平然としていた。どんなに客席が沸いても顔色一つ変えない。祝辞に対しても、その度ごとに仲人からうながされてからようやく立ち上がりはするものの、会釈で返すことすらしない。料理が運ばれてくると、それを食べることだけに専念するというのか、黙々とナイフとフォークを動かし続けた。私の目にはそうした態度がひどく礼を失したものに思え、いっそう疲労の度を深めることになってしまった。邦夫の両親はまるで息子の不作法を詫びて回るかのように、卑屈な程頭を低くしながら、テーブルの間を、ビールを注いで回っている。私の両親はほとんど席を立たないで、同じテーブルについている親しい親類の者達と、話に夢中になっている。時折り立っていって、頭を下げる場面もないではないが、それはごく自然になされている。そのことは、私にとってわずかではあるが救いとなった。私は山形家が招待客を意外な程少なくした意味がわかったような気がした。ある意味では邦夫の態度は醜態である。そういうことが起こり得ると、前もって推測できたからではないだろうか。

宴が終わった時の私の疲労感は尋常ではなかった。

新婚旅行先はハイヤーで二時間ほどで行ける近場の観光地を選んでいた。そこに一泊して翌日ともう一日、そこからまたハイヤーで行ける程度の観光地巡りをする計画を立てていた。外国へは少し落ち着いてからゆっくり行った方がいいという邦夫の両親の勧めに従っていてよかったと、ハイヤーの座席に身を落としたとき、つくづく思った。

「疲れたでしょう」

と、私が邦夫に話しかけても、

「いや、たいして」

と、邦夫は答えたきり、相変わらず、自分からは何も話しかけてはこない。普通は、男性の方が花嫁となった女性に向かって、

「疲れただろう、大変だったね」

と、その程度のねぎらいの言葉はかけるのではないだろうかと、私は待っていたが、邦夫の方からはいってこないので、私の方から誘いかけてみたのだが、私の期待は見事に裏切られたようだ。

しかし、私は邦夫が口下手であることを幸いに、じっと目を閉じて、疲れの中に身をまかせていた。何か喋らないといけないという義務感を抱く必要はなさそうだった。これはありがたいことだった。

私達がほとんど口をきかないので、ハイヤーの運転手が変に思わないだろうかと、むしろそのことが気になったが、式場となったホテルが回してくれた車の運転手はそれなりの教育がされているのか、私達のことには関心を示す気配がなく、必要以上のことは何もいわないで、私達を目的地に運んでくれた。

私は車の中で少し眠った。邦夫も眠っていたようだ、車から降りる時、赤い目をしていた。

ホテルには夕刻の五時過ぎに着いた。室に落ち着いた私達はスーツケースの中の物を整理したり、バスをつかったりしたあと、二人ともカーディガン姿で食堂に行った。私は披露宴では全く何も口に入れていなかったので、空腹だった。それでも運ばれてくるコース料理の半分は残した。やはり胸がいっぱいだった。邦夫もさすがに全部は食べきれないらしく、かなりの量を残した。

食後は近くの公園でも散歩をして、それからホテルに戻ってまたバスを使い、地下か最上階のバーでカクテルかなんかを軽くやって、と、それが新婚旅行の定番だとばかり私は思っていたが、邦夫は食事がすむと、さっと立ち上がり室に帰ろうとする。私はあわてて、

「その辺りを散歩しません?」

といったが、邦夫はつまらなそうに顔をしかめた。

「外は寒いよ。それにもう真っ暗だろう」

「でも、きっと星が出てますわ。星のこといろいろ聞きたいわ。冬の星座ってなんだかとてもロマンチックな気がするし」

「星?」

邦夫は一瞬怪訝そうな表情で私を見たが、「ああ」と続けると、

「星のことはもういいよ、もう忘れてしまったよ」

と、私の誘いに乗る気を示さない。これ以上の言葉は無駄だと、私は悟った。

「じゃあ、私、ちょっとその辺を歩いてきます」

と断ると、邦夫の返事を聞かないまま、ホテルを出た。邦夫がいったように、外は暗くて寒かった。立ち止まって空を仰いでみた。薄い雲で空全体が覆われているらしく、半月の淡い光芒が見えるだけで、いくら目を凝らしても星の光は届いてこない。私はあきらめて目を元に戻した。百メートルほど先に灯火やネオンがきらきら光っている街並みが見えた。そこがこの街の繁華街の一つらしい。

私はコートを着て来なかった。ひょっとしたらこの寒さで風邪をひくことになるかもしれない。それが多少気がかりだったが、構わずに街の灯りに向かって歩き始めた。風もあるらしく、道の両側に連なって立っている高い樹木の先が時折りしなり、こすりあう音がかすかに聞こえてくる。つい三カ月ほど前にも、これと似たような場に立っていた記憶がよみがえった。ルナを一人で出たのはあの夜が、初めての経験だった。いつも卓二がバスストップまで送ってくれた。時には一緒にバスに乗り、私の家までついてきて、家族と一緒にお茶をのんだりすることもあった。あの時、道の先の方で卓二が待ってくれているような予感がしたが、それは私の思い上がりで暗い闇の中を私はどこまでも歩いただけだった。今、私が歩いていく道の先には、知らない街だが灯りが見える。それも眩しいほど輝いて見える。ひょっとしたら、私のこれから先を暗示しているのかもしれない。あれほどの輝きがあるとは思えないし、あれほどの明るさを望むわけでもない。ただ、私が選んだ道には希望がある、ということを示唆してくれている、その意味をもった灯りかもしれない。

私はそこまで考えるとあとはもう何も考えずに、どんどん歩いて街の灯りの中に入っていった。小綺麗な喫茶店を見つけて入り、ココアを頼んだ。運ばれてきたココアは大きな白いカップにたっぷりと入っており、何度も息を吹きかけなければ口がつけられないほど熱かった。たったそれだけのことだが、私の心は徐々に満たされ熱くなっていき、感動に似た思いさえわきあがり、涙がこぼれそうになった。あわててバッグの中をさぐりティッシュを取り出して鼻をかんだ。この三カ月、私は自分をどこかに放り投げて、他人を生きているような時を過ごしてきた。何をしても実感がわかなかった。いつも満たされない不安感にとりつかれていた。こういう状況を心が乾いているというのだろうか。その渇きが僅か一杯の熱いココアで癒されてしまったのだろうか。ということは、私のこの三カ月というものは私が思っているほど大したものではなかったということかもしれない。あるいは、一杯の熱い飲み物はそれほどの威力を発揮できる秘密の成分を持っているのかもしれない。

しかし、いずれにしろ、今の私は感傷的になっているようで、危険な気がする。これから先どんな予想外の状況が展開するかもしれないのだ。私は邦夫という人をほとんど知らないままに夫に選んでしまった。そのことの代償がどれほどのものかは今はまだわからない。私はその代償を甘んじて受ける覚悟で邦夫を選んだ。感傷的になっている暇はないのだ。私はもう一度、鼻をかむと、その紙を固く丸めて掌の中に握りこんだ。

また、時間をかけてゆっくりと来た道をホテルに戻っていった。

室の入口には鍵が掛かっていない。私のためにわざと開けておいてくれたのか、それとも邦夫はただルーズな性格なのだろうかと思いながら、中に入った。

「ただ今帰りました」

私はつとめて、明るく振る舞おうとした。

邦夫はソファに両膝を抱えこんだような恰好でテレビを見ていた。テレビの画面から目をそらさないまま、

「お帰りなさい」

と、いった。「寒かっただろう」とはいってはくれなかった。

「面白いものやってるんですか」

室内の暖かさがありがたかった。私も邦夫と並んでソファに掛けてテレビを見ることにした。

しかし、画面に映し出されているものは、数人のお笑いタレントが馬鹿話に興じる類のもので、私はこの種の番組は苦手だった。それでも邦夫の立場にたてば、職場では気が抜けない仕事ば

かりをしているわけだから、こんなたわいもない番組で息抜きをするのもいいのかもしれないと思いながら、しばらくはそのまま画面を眺めていた。そのうち疲れていたせいか、いつの間にか眠ってしまっていた。はっと気がついて隣を見ると、邦夫はあいかわらずの姿勢でテレビ画面に見入ったままだ。腕時計を覗くと十二時が近い。

「もう遅いですよ、そろそろ寝ないと。お風呂に入りませんか?」

「僕はいいよ。さっき入ったから」

私が外に出ている間に入ったのだろうかと、一瞬、思ったがそんなはずはなかった。邦夫の服装は食事時に着ていたカーディガンのままだし、室内の状態は私達が、食堂に降りていく前と少しも変わったところはない。邦夫が何か行動を起こしたとしたら、たとえ何一つ室内の物が動かされていないとしても、やはり雰囲気でわかるのだ。邦夫は恐らくテレビの前に座ったまま、一歩たりとも動かなかったに違いない。

私は立ち上がって、わざと邦夫に聞こえるように、声を出して欠伸をした。

「じゃあ、私、お風呂に入らせてもらいます」

邦夫は何も答えない。大した用件をでもないことをいった時には、邦夫からの返事を期待してはいけないのだということを学んだようだ。たしかに、何でもないことなのに、いちいち返事をしたり、貰ったりするのは煩雑ではある。邦夫の態度はそれなりに理に叶っているのかもしれない。

私はゆっくり時間をかけて湯に浸り、体もていねいに洗った。汗などの匂いが残っていて邦夫に嫌な思いをさせたくはない。バスタオルで体の水分をきっちり拭き取ると、入念にパヒュームパウダーを体中にはたきこんだ。母が贈ってくれた若草色のネグリジェを着、その上から揃いのガウンを羽織って室内に戻ると、邦夫はまだもとのままの状態でテレビを見ている。

私は思わず、

「もう、テレビを見るのは止めてくださいません？」

と、少し強くいった。邦夫は私のその語調にあわてたように、立ち上がりテレビを切った。私の方を振り向き眩しそうに目をしかめた。

「何かつけたの？　いい匂いがするね」

邦夫がそういった時、彼が近寄ってきて私を抱き締めてくれると思った。それからひょっとしたら私は邦夫に抱き抱えられて、ベッドに運ばれる。そう思ったとたん、一時に体がかーっと火照ってきて、思わず両手で頬のあたりを押さえつけた。邦夫はしかし、くるりと反対の方を向くと、

「もう、寝ないといけないだろうね」

と、呟くようにいうと、クローゼットの方に歩いて行き、ボストンバッグを持ち出してきて、

それをベッドの上に置き、中の小袋をひっぱり出し、小さな薬瓶のようなものを取り出した。ベッドサイドの小卓の上の水さしから水をコップに移すと、瓶の中の白い錠剤をいくつか口の中に放りこんで、水とともに飲み込んでいく。喉仏がひくひくと動き、それを見ている私は何故かこの時、背筋を冷たいものが走っていくような気がした。

「何のお薬ですの?」

と、私は訊いた。

「睡眠薬だよ」

邦夫は事もなげにいうと、ボストンバッグをベッドの下に放り出しそのままベッドに横になった。

「お休みなさい」

と、毛布を頭の上まで引き上げながらいう。私は息をのんだ。すぐには言葉が出てこない。

「パジャマに着替えないんですか?」

と、また、私は訊いた。声がかすれているのがわかる。

「君、着替えさせてくれる?」

私はもう先ほどからの驚きと怒りをどう処理していいかわからないまま、言葉を荒らげた。

「嫌ですよ。子どもじゃないでしょう」

「じゃあいい、着替えるのは面倒だから、このままでいいよ」

邦夫は本当にそのまま寝るつもりらしい。私は暫くベッドの端に腰を下ろしていた。これから先、どう行動していいのか皆目見当がつかない。茫然としているというのがこの場合の形容として一番ふさわしいのかもしれない。どのくらいの時間がすぎたかわからないまま、ようやく気を取り直して、クローゼットからコートを取って来ると、ソファに移り、そこに横になった。

ほとんど一睡もしないまま夜明けを迎えた。カーテンに赤味がさしてきた時、そっとベッドに近寄って邦夫の顔を覗き込んだ。邦夫はまだ眠っていた。邦夫の枕をひきはがしたい衝動にかられたが、私はそれをする代わりにバスルームに行って、思い切り激しい音を立ててシャワーをつかった。

朝食の時も私は殆ど邦夫と口をきかなかった。邦夫はそのことと、その原因となっている昨夜のことに少しも責任を感じていないらしいのが、私には不思議だった。

私達は三時頃まで、タクシーを借り切って近くの観光施設を回り、その後、次の観光地へ移る予定になっていた。そのコースにはその土地の歴史資料館や物産館があった。植物園もあり、そこではもう夏みかんが青い実をつけていた。こんな季節なので、何処も人影はまばらだったが、それでも観光地なので、何処に行っても、誰彼かとはすれ違った。彼らの目には私達は明らかに新婚のカップルに見えているだろうか。私達と同じように新婚旅行で来ていると思える二人連れとも出会うことがある。昨夜、彼らはどんな夜を過ごしたのだろうと、私はその度にみだらな妄想を抱き、その度に体中がかっとほてるのを覚えた。

遊園地では私一人が観覧車に乗った。邦夫も誘ったが、「あんな高いところは嫌なんだ」といいながら、枯れ葉が一杯のったままの石のベンチに、もうそこからは動きたくないという感じで、腰を下ろした。観覧車はゆっくりと、地上で想像していたより高く上がっていく。下の景色が徐々に矮小化されていく。邦夫はどの辺りにいるのか探そうとしたが、それも億劫になり止めて、目を水平に向けた。すぐ前にこんもりとした森がある。黄色や茶色に変色した葉をつけた樹木もあるが、大部分は常緑樹らしく、全体的に黒々とした広がりを見せている。樹々の間に神社独特のそりを見せた青銅色の屋根が覗いているところを見ると、恐らく大きな神社の杜なのであろう。夕刻になれば、いろんな種類の鳥達がねぐらとしているこの森に帰ってくるのだろう。観覧車が真上に来た時、その森の向こうに海が遠望できた。冬の海らしく白い波頭が立っているが、天候がよいせいで、太陽の輝きを受けてきらきらと光って見える。この三カ月の間に私の身辺に起こった変化の激しさのため、不安と戸惑いの渦の中に閉じ込められていた感情が、まるで夢の中の出来事のように淡い輪郭で浮かび上がってきた。

ぼんやりとした私の視界に一艘の小舟が影絵のように入りこんできた。釣り舟らしい。二人の人物のうち、一人が櫓をあやつり、もう一人は釣り竿を握っている。年齢も体型も判別できないくらい遠い人影なのに、私はゆくりなくも彼らの上に卓二を重ねあわせて見ていた。実験のために時折、船で海に出ることがあると、卓二から聞いたことがある。実験のメンバーは十人はいるだろうし、実験器具もいろいろ積み込むので、あんな手漕ぎの小さな舟のはずはないのだが、海と舟という場面だけで卓二を思い出していることに気づいて、一瞬狼狽に似た思いを抱いた。しかし、私はこの空中に浮かんでいた一刻の間、久方ぶりで穏やかな気分に浸ることができた。全く違った環境で育った人とこれから共同生活をしていくのだから、戸惑うことが多いのは当然なのだ、少し、神経質になりすぎているようだ。私は下に降りたらもっと機嫌よく邦夫に接することができるような気がしてきた。観覧車は徐々に海を消し去り、また黒い森に真向かった。

邦夫はまだベンチに座ったままだった。私が観覧車に乗っている間中、そこから動かなかったらしい。彼は不安気に揺れる視線を私に向けると、ほっとしたように立ち上がった。

「お待たせしました。邦夫さんも一緒に乗ったらよかったのに、海が遠くに見えてとてもいい気分だったわ」

私は無理に笑顔を作った。次に邦夫がいった言葉を聞いた時、私はさして驚かなかった。

「ね、もう家に帰ろうよ」

予想していなかったわけではなかった。ひょっとしたらという思いが、旅立ちの最初の時から、私の胸の片隅でちくちくと息づいていた。その時が今なのだと、私はむしろほっとしていた。これ以上、邦夫と二人切りの行動をとることは無理なのだ。もう限界なのだ。邦夫がいい出してくれたことで、私はこの無理な状況から抜け出すことができるのだ。

まだ十二時を過ぎたばかりだったが、急用ができたのでと、タクシーをホテルに向けて貰いキャンセル料を支払った。ホテルの電話から、その夜と翌日の夜の宿泊先のホテルに電話を入れ、予約を取り消した。キャンセル料はすぐに送金するからと、銀行の口座番号を聞いて手帳に書き込んだ。私がそうしたことをやっている間中、邦夫はただ私の姿を目で追っているだけで何もしようとはしない。私も邦夫に何か頼む気力をすっかり失っていた。

新婚旅行先から、一泊しただけで前触れもなく帰宅した私達を見て、邦夫の両親はさすがに驚いたようだったが、特に、その理由を聞こうとはしなかった。恐らく、彼らも私と同じような予感を持っていたからだろう。

その夜、邦夫が疲れたからと、早々と寝室に引き上げ、後を追うように、満夫も「じゃあ、お先に」と、私と敦子を居間に残してそそくさと出て行った後、私は敦子に、

「邦夫さんはいつも睡眠薬を飲んでいるんですか」

と、訊ねた。

敦子は一瞬はっとした表情を見せたが、

「昨夜も飲んだの？」

と、逆に訊き返してきた。

私が黙ったまま頷くと、敦子は仕方がないわねというように薄く笑った。

「申しわけなかったわね」

「お母さまが謝ることじゃありませんでしょう」

「でも、母親ですからね」

「お薬、いつから飲んでるんですか」

「高校三年になった頃からだと思うわ。あの子とても神経質でしょう、受験を前にして眠れなくなって、それで病院で処方をして貰って。睡眠薬というよりは安定剤なのよ」

「邦夫さんは睡眠薬といってました」

「あ、そう、そうなの」

敦子はばつが悪そうに下を向いた。敦子は睡眠薬ということを知っていて、とりつくろっただけなのだということがわかり、私は心中に込み上げてきたやりきれない思いをどう処理していいかわからないまま、居間を出た。このまま、実家に戻ることも考えたが、それはもっと先でもできることだと思い直して、私達の寝室へと決められた所へ向かって、ゆっくりと階段を上っていった。

邦夫はもうぐっすりと寝入っていた。緊張がすっかり解けて無抵抗にゆるんだ頬を、つけっ放しの灯りの下にさらしていた。

三カ月程が経った。私は妙なことに気がついた。いつの間にか、邦夫の勤めの送り迎えを、満夫がするようになっている。

「お父さまを運転手代わりになさっていいんですか」

私には我慢できないことだった。しかし、私から詰問されて弁解したのは満夫の方だった。

「いや、私も退職してから暇をもて余しているというのが実情でね。毎日決まった時間にすることがあるというのは、私の為にいいことなんだよ」

満夫は確かに、この三月にそれまでの勤務先であった事務機の販売会社を定年で辞めていた。まだ六十三歳だったが、もうどこかに勤める気はないらしく、家の中にいて庭仕事をしたり、将棋のクラブに出入りしたりしている。勤める気がないのではなく、家にいて邦夫の世話に追われている敦子を少しでも手助けしたいから、再就職をしないのだろう。

「お父さまも喜んでなさっていることですから、諒子さんは何も気にすることないんですよ」

と、敦子も側からいう。

「でも、なんだか変ですわ。ね、あなたそうでしょう」

私からいわれたから仕方なしにというのでもいい、とにかくこんなおかしな行為は親子ともども止めてもらいたいのだ。しかし、邦夫はまるで自分とは関わりのない事柄が話し合われてでもいるかのように、素知らぬ顔のままでいる。彼の表情は無関心を装っているというのではなく、恐らく、本当に私達の会話には関心がないということを示しているようだった。

この家族の中で、私一人が異質な存在であった。私が信じている常識がこの家の中では通じないことが多い。特に、肝心の夫である邦夫に関わることではそうだ。

毎日の髭剃りが敦子の役目になる等、邦夫は徐々に、両親の手を煩わすことが多くなっていき、その分両親の私に対する気遣いは増していった。彼らはひんぱんに、「好きにしていいのよ」「自由にしてね」といい、「欲しい物があったら買いなさい」と、クレジットカードまで私に持たせた。ある時、買い物に出た私が、衝動的にそのカードを使ってかなり高価なバッグを買って帰った時、彼らは「趣味がいい」「よく似合う」等とほめそやした。私は彼らが張った網に絡めとられたような気がして、カードを使うことを止めた。彼らは私がいつ邦夫との離婚を申し出るかということを、恐れていた。私にはそれがよく分かっていた。だが、それが分かっているために、かえって私からいい出せないでいた。離婚を申し出る正当な理由は充分過ぎるほどあった。私にとって邦夫はすでに離婚を申したてる直接の相手ではなくなっていた。邦夫を夫として感得したことは一度としてなかったように思う。ただ、邦夫の両親は奇妙なことだが、夫の両親として私の内部で認知されていた。だから私が離婚をするということは、邦夫の両親にそのことを認めさせれば成立することであった。

朝、目が覚めると、私はまず、今日は絶対に「離婚します」といおうと考えた。しかし、結局もやもやとした気分のまま夜を迎える日々が続いた。私は何度か、そのことで私の両親に相談するつもりで、実家に戻ったことがある。しかし、邦夫の奇矯な振る舞いをあれこれ具体的にいっても、父も母も本気にはしない。「それは、東大を出たくらいの人だから、少しは普通じゃないかもしれないけど」と、そんなふうに受け取られてしまった。

「それより、早く子どもを生みなさい。子どもができると、そんなつまらないこと考える暇がなくなるほど忙しくなるんだから」

と、母にいわれた時、私は頭をがーんと殴られたようなショックで、言葉を失ってしまった。邦夫とは一度もそういう関係になったことはないということを、私はいえなかった。それをいえば、父も母も驚いて私の言葉に真剣に耳を傾けただろう。しかし、私はそれだけは絶対に口にはしたくなかった。

それ以来、私は私の両親にこのことで相談する気持ちを捨てていた。

邦夫の両親は私に向かって、「子どもはまだか」とは決していわない。それはいえないからだ。それは私にもわかっている。だから、その意味では私は実家にいるより、余程山形家にいる方が気が楽なのだ。私がいつまでも踏ん切りをつけられないまま、邦夫一家との生活をだらだらと続けている理由は、存外そんなところにあるのかもしれない。

私は卓二に会いたいと思う。卓二の顔を思い浮かべると胸のあたりがうずいてくる。卓二に話したとしたら、彼は何というだろうか。一日も早く別れてしまえというだろうか。それとも、自分が選んだ道だろうと、突き放すだろうか。しかし、私の両親にも絶対いうつもりがないことを、卓二にならなおさらいえるわけがないのだ。

以前、私はフランス刺繍の教室に通っていた。結婚を機に止めていたが、また、週に二日そこに通いはじめた。それから、友人のR子から油絵教室を紹介してもらってここにも週に二回通いはじめた。絵など描いたこともなかったのだが、桐子さんのボートの絵を見て以来、私も絵を描いてみたいという気持ちがどこかにあった。週に四日間、私は家を空ける口実をつくった。両親はいつも気持ちよく送り出してくれた。

梅雨に入り、明けた。

その日、邦夫の両親は揃って親類の仏事で出かけていた。満夫の従兄の三回忌ということで、わざわざ出席することもないが、案内が来たので行かないわけにはいかない、邦夫を迎えに行く時間までには戻ってくるから、といいながら出かけて行った。車で小一時間ほどの所なのでいいのだが、もし遠方だったら、邦夫の迎えはどうする積もりなのだろう、私も小型の車を持っている。しかし、私は絶対迎えになんか行ってやらないから、と、そんなことを考えながら、二人を送り出した。

その午後、邦夫の勤め先の同僚という女性から電話があった。

電話の声は若い。恐らく二十代だろう。名前は聞かないで貰いたいと、最初にそう断った。

どういうことだろうかと、私は緊張して受話器を握り直した。

「奥様ですか？」

「ええ、はい」

と、答えながら邦夫の妻の意味で奥様といわれていることに対して、私は居心地の悪さを覚えていた。

「いいにくいことなんですけど」

電話の主は本当にいいにくいのだろう、声を極端に小さくしぼっている。

「何でしょう、どうぞおっしゃって」

と、私も小さな声で応じた。

「山形さん、ノイローゼじゃありません？」

「え？　それ、どういう意味でしょう」

「お家ではどうか知りませんが、職場ではちょっとおかしいんです」

「おかしいって、どういうふうに？」

「ほとんど仕事をされないで、ただ机についてぼんやり。私達が何か頼むとやってくれるんですが、ご自分からするってこと全くないんです。もう、私達いらいらしちゃって」

「あの、それって以前からそうなんですか？」

「そうですね、もともとそんなに意欲的ではなかったと思いますが、でも一年位前まではそれなりにやってらしたんですよ。それがどうしたわけかだんだん意欲がなくなったみたいで、近頃はもうまったく駄目って感じですね」

「あの、そのことで主人の上役の方はどうおっしゃってるんでしょう」

「課長はしばらく様子をみようって。何しろ東大を出て、上級職試験にパスなさってこられた方ですから、課長も特別扱いしてるみたい。係長も課長もすぐに追い越して出世なさるというのが普通ですから。ですから、課長も今のところうっかりしたことといえないと思ってるみたいなんです。でも、私達はそれでは困るんです。ちゃんと仕事して貰わないと、私達は別に出世するわけでもなんでもないから」

「で、私にどうしろと？」

「一度、病院に連れて行って貰いたいんです。山形さんどうみても普通じゃないんです。私達相談して、それで課長には内緒でお電話してるんです。このままだと、山形さん本当にどうかなってしまいそう。手遅れにならないうちに病院で診察して貰ってください。お願いします」

受話器を戻す私の手がぶるぶると震えている。それを私はじっとなすすべもなく見つめていた。

邦夫の様子がそこまでおかしくなっているということに、私はうかつにも思いが及ばなかった。家の中では両親にかしずかれる生活に甘えているが、外ではそれなりに振る舞い、勤め先でも仕事をそつなくこなしているとばかり思っていた。両親も恐らく私同様に、そこまで邦夫の状態がひどいとは思ってはいないだろう。もし、知っていたら邦夫を役所にやったりはしないだろう。医者にも診せているだろう。私はその日、両親が帰って来るまでの残りの時間、どうやって過ごしていいのかわからず、ただ、家の中を歩き回っていた。夕刻、戻ってきた両親は、私のただならない様子にすぐ気づいたらしい。何かあったのかと、せきこんで訊いてきた。私は受けた電話のことをありのまま話した。この時点では、私はかなり落ち着きを取り戻していた。

「一度、病院へ連れて行った方がいいと思います。まい晩、睡眠薬を飲まないと眠れないということが、もう、おかしいと思います」

最後にそう付け加えた。

敦子が大きな溜め息をついた。

「病院ね」

「も少し様子をみてからでいいんじゃないか」

満夫も敦子も事態を私ほど深刻に受け止めているようではない。

「電話をかけてきたというその女性は、少しオーバーなんじゃないか。本当に邦夫がおかしいんなら、ちゃんとした筋から話があるはずだろう」

「そうですね。課長さんとか部長さんとか」

「でも、そこまでいけば、役所としてもぬきさしならないことになるから、早く何とか手を打つようにと、そんな親切心から電話をしてくださったような気がします」

私はせいいっぱい二人に訴えてみたが、彼らは電話をかけてきたのが、若い女性ということを根拠に、暫く様子をみることにしようと結論づけて、そこから一歩も踏み出す気を示さない。彼らも邦夫がおかしくなってきていることに気づいてはいるが、それを認めたくないのだ。おかしいといってきたのが、責任のある立場にない若い女性だからと、そこに救いを求めているらしい。

私は黙り込んだ。両親は今度はしきりに私の機嫌をとりはじめた。私を怒らせてはならない事情が彼らにはある。邦夫にはちゃんとした妻がいるということを世間に認知させておかないといけないのだ。邦夫は彼らにとってこの上ない自慢の息子だった。これまでがそうであったように、これからも自慢の息子であってもらわないと、困るのだ。邦夫がノイローゼでおかしくなっているなどということは、あってはいけないことなのだ。

「そろそろ時間だから」

と、満夫は邦夫を迎えに出るために、立ち上がったが、私の方を振り向いて、

「帰りにちょっと本人に聞いてみよう」

と、いった。

「邦夫が病院に行くというのなら、止める理由はないからな」

敦子は黙っている。

邦夫が神経を病んでいるかもしれないとは、どうしても思いたくないのだろう。それが母親の心理というものだろうか。しかし、本当に邦夫のことを考えるのであれば、一日でも早く専門の病院に連れて行くべきだと思うが、それは私と邦夫とは血が繋がっていないからいえることかもしれない。私は頭の中が混乱してきて、それ以上両親とこのことで議論する意欲を失ってしまった。

一時間ほど後、邦夫とともども戻ってきた満夫は、私を見ると憮然とした表情で、首を振って見せた。

邦夫の症状は少しずつ悪化していっている。両親にはそれが見えていないらしいが、赤の他人である私には、よく見える。病気でないとしたら、怠惰なだけかもしれないとも思うことができる。しかし、怠惰もこれほど極端になるとやはり病気といっていいのかもしれない。重症の怠惰病と、私は密かに名付けてもいる。

「そんなに何もしないで、ただテレビを見ているだけで、よく神経がもちますね」

と、私は面と向かっていうことがある。しかし、邦夫には通じない。ぼーっとした目で、私を見返すだけだ。テレビを見ているといっても、その実、テレビは見ていない。目は画面を追っているが、その情報は脳にまでは伝達されていない。

翌日、私は両親には内密のまま、大学病院の精神科を訪ねた。本人を診察しない以上はどうにもできないという看護婦に食い下がって、何とか、予診の医師に会わせてもらった。佐川という三十前くらいの医師は、それでも親切に私の話を聞いてくれた。邦夫の症状を事細かに説明して、これが病気なのかどうか訊ねた。私が一番知りたいのがその点だった。佐川医師は、本人を診ていないので断言はできないがと、そこをしきりに強調しながら、

「病気ではないかもしれませんね」

「でも、こんなひどい状態で、病気でないなんて信じられません」

「たまにあるんですよ。そんなふうな例が」

「同じような例があるんですか?」

「ええ、ちょうど三十歳の男性の例ですが、ご主人の場合とよく似てますね。この男性もそれまでは普通に何でもできてたんですが、次第にいろんなことができなくなって、ついにはトイレにも一人で行けなくなって、それで彼は独身だったんですが、両親がトイレまで連れていって、ズボンを脱がせて便座に座らせてやる、と、そこまでいった例があるんですよ」

にわかに信じられないような話を聞かされて、私はしばらく口もきけないでいた。

「それでも病気じゃないんですか。私には立派な精神病に思えますが」

佐川医師は微かに笑ったようだった。

「精神病というのは、ちゃんとそう診断が下せる症状があるんです。この男性の場合は精神病ではないのです」

「じゃあ、何なんですか。そんなになっても健康体だとおっしゃるんですか」

「いや、決して健康体ではありません。やはり精神的におかしくはなっていますよ。こういう人には精神科医よるカウンセリングが効果があります。それを試されたらどうでしょう」

「でも、本人が病院には絶対に行こうとはしないんです。そんな時はどうしたらいいんでしょう」

医師はまた微かに笑った。

「仕方がありませんね。本人がその気にならないと治療のしようがありませんから。とにかく本人を説得して一度連れて来てください。私にはそれしか申し上げられません。ひょっとしたら、奥さんが心配しておられるようにある種の精神病かもしれません。それならそれでその病気にあった治療をしないといけませんから」

「それで、そのトイレにも一人では行けなくなった方は、その後どうなったんですか」

「さあ、私も別の大学の教授から聞いたことで、その後のことはよくは知りませんが、相変わらずの状況のようですよ。家族がほとほと困っているらしいんですがね。しかし、教授がおっしゃるには、両親にその責任の大半があるということでした。一人息子で、しかもできがいいというので、両親がひどく甘やかしたんですね。何でもしてやった。すると自分でしなくてもすむ。その領域がだんだん広くなっていく。ついには全領域まで人にやってもらうようになる。そうすると、もう自分ではやれなくなるんですよ、できなくなるんです。幼児返りの極端な例ですがね、人間、無気力が高じるとここまでいくんですよ」

佐川医師が話している男性が、そのまま、邦夫に置き換わってきて、私は恐ろしくなった。

「治療法はないんですか。病院に連れて来られない時の」

「こんなにひどくならないうちに、ほったらかすことですね。何でも自分でさせることです。最初は戸惑いとか不貞腐れとかで何もしない状態が続くでしょうが、諦めないで放っておくことです。風呂にも入らない、髭も剃らない。どうかしたら何日も食べないこともある。汚いし臭い、痩せてくる。それでこのままだと死んでしまうんじゃないかと、親は心配してつい手助けしてしまう。それでまたもとのもくあみなんです」

その夜、邦夫が寝室に上がっていった後、私は両親を前に、大学病院での佐川医師の話を、逐一した。

「邦夫のことをそこまで心配して貰ってほんとにありがたいのだけど」

敦子は口ではしきりに感謝したが、やはり、私が内密で事を運んだことが心外らしい。

「私達が何もしてないと思ってるんだったら、それは違いますよ」

側から満夫も、

「我々は邦夫の親です。誰よりも一番邦夫のことは心配しています」

と、いい、

「諒子さんがそこまで心配してくれてるんだったら、昨日、ちゃんとお話しておけばよかったかもしれないね」

と、敦子の顔をうかがうように見た。敦子も「そうですね」と、いいながら、

「あなたからお話してください」

と、すぐに続けた。

満夫が話したことによると、私達が結婚する一年ほ前、両親は邦夫のことで知人から紹介されたある精神病院の院長を訪ね、邦夫の症状というか状態をあからさまに話して、診断を仰いだそうだ。その結果、邦夫は決して病気ではない、ただ、多少ノイローゼ気味である。それは、小・中・高校・大学を通じて優等生であり続けるために相当、自分を抑えてきたその抑圧が限界にきている状態だから、少し、自由にして気儘にさせておけば、やがて自然に治る、そういう診断を貰ったのだそうだ。

「あの子、何しろ小さい時からほとんど自由な時間というか、のんびり遊んだことがなかったの。私達が特別教育熱心で、遊ばせなかったというのでは決してないのよ。とにかく勉強好きな子だったもので私達も本人が好きでやってることだからって、勉強ばかりやらせてたのね。中学、高校、大学と相当期間それできて、今度また、お堅い役所勤めでしょう。息を抜く暇がなかったのよ。それで、あの子は今その息抜きをしているんですって。つまり休養ね。本人がこれでもう充分休養したってわかった時に、また、自分から進んで元通りの生活ができるようになるから、今は本人が好きなようにさせてやるのが一番だって、お医者さまはそうおっしゃったの」

敦子の口を通していえば、そういうことだったようだ。

側から満夫も、それをカバーするようにいった。

「本人が嫌だということは決してしてはいけないそうです。本人のしたいように我々家族はその手助けをしていれば、いつか必ず立ち直るとそう聞かされて、それで我々は納得したんです。ま、貴女から見れば、今は不満だらけでしょうが、そのうちきっと治るわけですから、それまで好きにやらせておいてくださいと、そうお願いするより他ないわけです」

満夫は更に、続けた。

「幼児の世話をしているくらいの気持ちで接するようにと、そう医者はいうんです。いま諒子さんがいわれた大学病院の先生は、ま、立派なお医者さまだとは勿論思いますが、しかし、まだ予診の医者という立場の方でしょう。まだ経験不足な点があるんじゃないでしょうかと、今、お話を聞いていて思いました。それで、我々家族としては、勿論、貴女も含めての家族ですが、この病院の院長先生の判断に従っていくべきだと、何しろ、これまで精神科の専門病院の院長として、長年、経験を積んでこられた先生ですし、やはり、常識的にいってもこちらの先生の判断に従うのがいいのじゃないかと、まあ、こう思っております。家族全体の意見が合っていないと、治るものも治らないことになるんじゃないかと、これが一番心配なんです。一つよろしくお願いいたします」

二人は私に向かって、不必要なほど低く頭を下げ、それをいつまでも上げようとはしない。

私はあわてて、「そんな、どうぞやめてください」と、いいながら、肝心なことを訊くのを忘れなかった。

「その病院へは邦夫さんも行った上での診断なのですか？」

今度は敦子が答えた。

「それは駄目でした。邦夫はご承知の通りプライドが高くて。でも、貴方は少しおかしいところがあるから病院に行って診て貰いましょうといわれて、素直に従う人はいないでしょうね。もしいたとしたらそれは本当におかしいんですよ」

やはり、邦夫を直接診察した上での診断ではないのだ。確かにどちらの病院でも、邦夫は病気ではないという。ただ、家族の対処の方法にまるで逆の指示が出ている。これはどういうことだろうか。しかしこれは私の判断には余る事柄だ。二人の説明はそれなりの説得力がある。私はやはり両親がいうように今暫くは邦夫に好きなことを自由にやらせておく以外仕方がないのだろうか。

九月になった。

短大時代のクラス会の案内が来た。暑いせいにしてしばらく二つの教室も休みがちにしていたし、それ以上に外に出る気持ちを失っていた私は、ふっとクラス会に出て気持ちを変えてみようと思い立った。しかし、それは失敗だったようだ。会場では久しぶりに会った友人の誰もが、「赤ちゃんはまだか」という。結婚した友人にそれをいわないのはまるで礼儀に反しているとでもいうように、判で押したように質問してくる。私は答えようがなくて、ただ黙って首を振るしかない。口さがない友人の一人は、

「うまくいってるんでしょう？」

と、顔をのぞきこんで囁くようにいう。「うまくいっている」という言葉の意味することがわかって、私は思わず顔を赤らめて抗議する。

「そんなこと、あなたに答える義務はないわ」

「あら、怒ってる、怒ってる」

私は友人達の邪気のないからかいの対象になってしまって、クラス会に出席したことを心底後悔した。

二次会にという誘いを断って、会場のホテル前からタクシーを拾った。一刻も早く家に帰りたかった。気伏せな家から少しの間でも逃げ出したつもりが、結局、居心地が一番いいところだったことに気づかされただけだ。実家に寄ってみようかとも一瞬思ったが、それはほんの一瞬の間だった。電話をしたりした時、必ず母も「赤ちゃんはまだ？」という。私はできるだけ電話をしなくなった。しかし、どうしてもかけなければならない用件だってある。それだけはいって欲しくないと念じながら、電話をかけるのだが、母は必ず「赤ちゃんはまだできないの？　邦夫さんは一人息子なんだから早く跡つぎを作ってあげないと」という。

「できるはずがないのよ、絶対に」といえたらどんなに気が楽になることだろう。それはわかっているのだがどうしても口に出せない。いえば大騒ぎになるだろうか。母はすぐに帰っておいでというだろうか。それもわからない。わからないまま、私はただ母から「赤ちゃんはまだ？」といわれることを恐れている。

道順をはっきりいわなかったせいか、ふと気づくとタクシーは知らない道を走っている。ここはどこだろうと窓外の景色を見ているうちに、懐かしい街角が見えてきた。ルナの近くに来ていた。卓二の顔が目の裏に浮かび、私は思わず涙ぐんでいた。

「このあたり昔よく来たところだから、ゆっくり走ってください」

と、私は運転手に頼んだ。

「別れた恋人と歩いた道ですか」

中年の運転手は月並みなことをいう。しかし、私はそれにまともに、

と、答えた。少し気持ちが軽くなった気がした。ルナの前を通る時、私は目を疑った。

「そう、別れた恋人と」

「停めてください」

と、思わず叫んだ。

ルナは明らかに営業を止めているらしく、扉も窓も、いや、建物全体が荒れて薄汚い外容を

晒していた。扉に破れかかった紙がはりつけてある。簡単に「都合により、当分の間休業します」と書かれているのが、タクシーの窓から読み取れた。

その夜、夕食後、卓二が家に帰っている頃だと見当をつけて電話をした。結婚以来、卓二には会っていないし、電話をすることもなかった。卓二の母が受話器を取ることがないようにと祈りながら電話をした。多分、私の母と同様に「赤ちゃんはまだ？」と聞いてくるに違いないからだ。結婚した若い女性とみると「赤ちゃんはまだ？」というせりふを吐くのは、女達の通弊でなくて何だろう。

電話に出たのは卓二自身だったことに、私は心底ほっとした。

「ああ、よかった、いたのね」

「どうしたの？」

卓二は驚いたらしい。もう一度、

「どうしたの？」

と訊いてきた。

「元気？」

私はまずそう訊ねた。久しぶりに聞く卓二の声は私の耳にかぎりなく甘く響いた。

「ああ、元気さ、どうしたの？」

せっかちに訊いてくる。突然の電話で驚いたのだろう。

「ルナに行ってみたの、そしたら閉まってたから」

「ああ」と、気抜けしたように応じたところをみると、卓二はそのことを知っていたらしい。

今度は私ががっかりしたように答える番だった。

「何だ、知ってたの」

考えてみれば、ルナのマスターは私なんかより卓二との方が付き合いが長くて深いのだから、卓二が知っていても当然なのかもしれない。しかし、私抜きで卓二がルナに行っていたという事実をつきつけられたような気がして、釈然としない気持ちを抱いた。無論それは子供じみて理屈にあわない感情だということはわかるのだが、不意に沸き起こった感情を私はもてあましながら、きつい語調になった。

「知ってたの。だったら教えてもらいたかったわ」

「この程度のことで電話するのもおかしいだろう。それに、諒子の方こそ結婚以来、梨のつぶてじゃないか」

「ごめん、いろいろ忙しくて」

ちょっとの間、沈黙があった。このまま卓二に電話を切られるのではないかと、不安になった私はせきこむようにいった。

「それで、ルナはどうして休業してるの?」

「うん」

最初、卓二はいい澱む様子だったが、思い切ったように続けた。

「実はね、驚くような話があるんだ」

卓二はそういった後、

「電話いいの?」

と、声をひそめた。

「いいわよ」

私は強くいった。

長電話くらい、それが個人的な内容のものであっても、遠慮する必要は全くないのだという思いがあった。満夫や敦子がひょっとしたら聞き耳をたてているかもしれない。それならかえって大きな声で長電話をしてやろう。その程度のことは充分許される立場に私はいる。

「実はマスターと桐子さんが駆け落ちしたんだ」

あまり思いがけないことを聞いたために、私は暫く声が出なかった。

「まさか」

「どう? 驚いただろう」

「そりゃあ、驚くわ。それでいつのこと？」

「五月頃だったかな。君が結婚して二、三カ月経った頃だったと思うよ」

「でも、桐子さんのパトロンはその筋の人でしょう？　マスターにしても桐子さんにしても随分思い切ったことしたものね。もし見つかったら、ただではすまないでしょう。命がないかもしれないのに」

「恋は思案の他というからね」

卓二は妙に悟ったような、聞きようによってはつき放したようないい方をした。

「マスターは女にだらしがないから」といつか卓二がいっていたなと、思いながら、こういうことに関しては卓二は潔癖だから、島崎さん達の行動にどうしても批判的になるのだろうと考えた。

「どうしてわかったの、相談されたの？」

「いや、だいたい駆け落ちなんてものは相談なしにやっちゃうものだろう。実はマスターに頼まれて、ルナに熱帯魚を世話したんだよ。それを、引き取ってくれないかって電話があって、引き取りにいった時に理由を訊ねたら、もう、世話できなくなった、死なせたら可哀そうだからっていうんで、どうしたのかって聞いたら、桐子さんと駆け落ちすることにしたって」

「でもどうして駆け落ちなんか」

「何かあったんだろうけどね」

「で、行く先というか、駆け落ちしてどこに行ったの？」

「そこまでは知らないよ」

「教えてくれなかったの？」

「聞いたさ、一応はね。だけど、それはいえないって。それはそうだろう、なにしろやくざの親分の女と逃げるんだもん。見つかったらどうなるかわかってるはずだからね。滅多なことでは口にできないよ。まったく過去にあんな目に遭ってて、懲りない人だよ」

卓二がひょっとしたら、「会いたい」というのではないかと、半ば期待し、半ばそんなことは絶対ないともいい聞かせながら、暫くの間だらだらと話し続けた。卓二は、「普段は家で何をやってるの」と訊いてきた。

私はあいまいに、

「いろいろよ、家事って結構忙しいの」

と、答えながら、いわゆる家事らしいことはあまりやっていない日常を思い浮かべていた。食事の支度、掃除、洗濯、近所づきあい等、日々消化していかないと日常生活がたちゆかなくなっていくかわりに、これをやったという痕跡も別に残らない、いわば手間も時間もかかるのに、一番わりに合わない部分を、受け持ってくれているのは敦子である。そのことで、彼女は私に当たったり、厭味をいったりすることはない。彼女はただ、私が邦夫の妻であり続けてくれればそれでいいと割り切っているのだろう。邦夫が年齢相応に結婚して、世間並みの生活をちゃんとしているということを、周囲に知らしめることによって、彼女は安心を得られるからだろう。そのことに力を貸しているのが満夫ということになるのだろうか。であれば、満夫も敦子と同罪であろう。そして、私自身も二人の企みに大いに寄与しているのも事実なのだ。私自身、そのことに気づいていながら逃げ出そうとはしない。周囲を欺いているという疚しさがないわけではない。しかしそこから敢えて目をそらしている限り、私の日々は私本位に取り仕切ることができるという自由、わがままが通るこの心地よさは、なかなか捨てがたいものには違いないのだ。

夫婦関係にある男女にとって、セックスという営みがそれほど重要な要件なのだろうか。少なくとも、今の私にとってはさほど深刻な問題とはなり得てはいない。最近、セックスレス夫婦という用語を見たり、聞いたりする機会が多くなったようだ。ということは、それだけセックスレスの夫婦が何らかの要因で多くなったということであろうか。いや、もともとそうであったものが、セックスというものは白日下に曝してはいけないとされてきた、その社会的な禁忌からときはなされ、顕在化しただけかもしれない。いずれにしろ、セックスレス夫婦というものが社会的な認知を得たということになるのであろうか。私はだからそれほど深刻になららずにすんでいるのかもしれないし、私が選んだ結婚を私自身が否定する修羅場を演じなくてすんでいるのかもしれない。

やはり、卓二から「会いたい」という言葉は聞かれなかった。私がそのことで不満を覚えなかったといえば嘘になる。しかし、仮に、卓二と会ったとしても、以前のようにただ会って、とりとめもない話に時間をつぶしていても、それだけで嬉しいということにはならないだろう。そういう関係はもう終わったのだ。だとしたら、会ってもどうしようもないではないか。卓二にもそのことが分かっているのだ。だから「会おう」とはいわなかったのだ。

その夜、私はルナの壁面にかかっていた桐子さんの描いたボートの絵が脳裏にちらついてなかなか寝つけなかった。朽ちかけた空のボートと今にも抜けおちそうなオール。あのボートの危うげな行く先。

翌日も、ぼんやりした頭の片隅に、その絵の残像を感じながら一日を過ごした。何かしないとおかしくなりそうだった。何かすることがないかと探しはじめ、ようやく昨日取り入れたままの洗濯物にまだアイロンをかけていないことを思い出して、アイロンをかけはじめた。二階からはテレビの音声だけで、邦夫がいる気配はしない。しかし、邦夫は確かに室内にいてテレビを見ているのだ。彼はどこにも行きはしない。というよりは行くことができない。今ではもうその能力すら失ってしまっているのかもしれない。テレビの前のソファに埋まって、ただじっと画面に見入っている。

邦夫は次第に朝起きられなくなり、勤めを休むことが多くなった。満夫はそれで、知人の医師に頼み込んで、肝障害のため一年間の療養を要する旨の診断書を書いて貰い、それを添えて、邦夫の勤務先に休業願いを提出した。その願いはすぐに認められた。もともと出勤してきてもほとんど仕事らしいことはやっていなかったわけだから、上司としても職員の手前、休んでくれればかえってありがたかったのだろう。

「外に出るのが嫌なら、庭に出るだけでもいい。それだけで随分気分がすっきりしてくる」

と、満夫は盛んにすすめるが、邦夫は曖昧な笑みを浮かべるだけだ。

私はアイロンをすべらしながら、

「だんだん腐っていってるんだわ」

と、内心で呟いている。

家族の中で、朝食にパンを食べるのは私だけだ。私も一枚しか食べないので、一斤買ったパンはなかなか減らない。二、三日でパンはぱさつきイーストの香が失われ不味くなる。そうなると、もう、そのパンを食べる気にならないで、又、新しいパンを買ってくることになる。敦子は私に遠慮しているのか、パンには触れようとはしない。残りのパンは食堂のテーブルの隅に置かれたまま、じわじわと湿気を吸い、緑灰色の黴が生え、やがて、腐っていく。そこに放置されたパンがどうなっていくか私は経験的によく知っている。冷蔵庫にしまっておけば、夏場でも四、五日はもつのだが、私は何故か放置したまま、冷蔵庫にしまおうという気になれないことがある。少しずつ腐敗していくパンを目の隅でとらえながら、私は手を動かさない。私は結果がわかっていることを、確かめるために、それを楽しむためにその結果の到来を待っているのだろうか。

邦夫もパンと同じように、だんだん、腐っていっていると、最近の私は思うようになった。そして、彼が腐敗していくのをまるで楽しみながら待っているような自分を見出すことがあって、一瞬、そのおぞましさに身が震える。しかし、その一方で、彼が腐っていくその過程をじっと楽しみながら、分かっている結果の到来を待っている。

それから二月ほど経ったある日、私が油絵の教室から帰ると、留守の間に卓二から電話があったと敦子から聞かされた。

卓二と電話で話したのは、ルナのマスターが桐子さんと駆け落ちしたというニュースを知らされた時以来だ。敦子は私が卓二とまるできょうだいのように仲が良かったということを、私の親類の誰かから聞いていて、卓二のことが話題に上ったりすると、神経質になるのだった。しかし、私がそのことで遠慮する理由は何もないのだ。

私はすぐに受話器をとり、忘れるはずがない電話番号を回した。

研究室の誰かが受話器を取ったが、傍に卓二はいたらしく、すぐに本人にかわった。

「電話もらったって?」

私は聞き耳をたてているに違いない敦子を意識しながら、すこし甘えたような声を出した。

「何か急な用事でもあるの?」

「いや、急用ていうんじゃないんだ。ただちょっと知らせた方がいいかなと思ってね。実はね、ルナがまた店を開けたんだ」

「代わりのマスターが見つかったの?」

「いや、マスターは島崎先輩なんだ。アルバイトの女の子も同じ、何も変わってないよ。僕はまた熱帯魚を頼まれたし」

「どういうことなの?」

私の頭は混乱し始めた。島崎さんはオーナーの愛人の桐子さんと駆け落ちした、それでルナは閉店したと聞いたのに、それが何も変わらないままで再開しているというのはいったいどういうことなのだろう。

「マスターには会ったの?」

「会ったさ。僕も島崎先輩から電話でルナに来てくれっていわれた時には、幽霊から電話がかかってきたかと一瞬思ったよ。それで、何度も本当に島崎先輩なんですかって、確かめたんだ」

「どういうことなの、駆け落ちは嘘だったのかしら」

「いや、それは本当だったんだ。僕も今日、ルナに行ってあれは嘘だったんですかって訊いたら、先輩はいや本当だよと真顔でいってたもん。しかし、じゃあ、何故戻ってきてルナのマスターをやってるんですかって訊いたけど、それには答えてくれなかった。今はまだいえないけど、そのうち話してやるよだって」

「じゃあ、桐子さんはどうしてるの？　やっぱりもと通りオーナーの愛人という関係のまま？」

「それはちょっと訊き辛くってね。僕もそれは知りたいんだけど、いずれわかるんじゃないかな、島崎さんもそのうち戻ってきた理由を話してくれるだろうから、そしたらまた電話して教えてあげるよ」

君もルナの近くまで行くようなことがあったら、ちょっと覗いてみるといいよといって、卓二は電話を切った。

夕食の準備はできていた。邦夫も食卓についていて、私の電話が終わるのを皆が待っていた。食堂に入ってきた私はよほど変な顔をしていたらしい、満夫と敦子がほとんど同時に、何かあったのかと、訊いてきた。

「あ、いいえ」

「それならいいけど、何か心配事があったらちゃんと話してね、諒子さんは山形家の一員なのよ。何でも相談してね」

「そうだよ、諒子さんは嫁というより、娘みたいに私達は可愛く思ってるんだよ」

満夫も敦子も私のことを心底気づかってくれている。私はついルナのマスターと桐子さんのことを話題に上せたくなった。夕食時の話題として恰好の、それも飛びきり面白いものではないか。しかし、目の前にいる邦夫の、ただ無表情に上下に動く唇を見ているうちに、私の内部はだんだん空っぽになっていき、私もまたただ食物を咀嚼するためにだけ、口を動かし続けた。

年が明けた。私が邦夫と結婚式をあげた二月が近づいてくるにつれて、私は落ち着きを失いはじめていた。この一年という月日が現実のものでなかったような気がしてくるのだ。まるで夢を見ていたような、目が覚めれば、邦夫も彼の両親もふっと掻き消えてしまって、私は私の両親と妹と私の家にいて、卓二とルナで会う約束ができていて、その時間が待ち遠しくて。今の生活は夢を見ているだけなのだと、半ば本気で自分にいい聞かせている私を見出して、愕然とすることもあった。また、これが現実だと妙に覚めたような目で自分を見ていることもあった。私の精神の疲労も日増しに強くなってきているらしい。

結婚記念の贈り物だといって、邦夫の両親から大粒の真珠のネックレスを貰った。九ミリ珠の真珠の一粒一粒に両親の万感の思いが込められているようで、私はいつまでもその鈍い乳白色の光をみつめていた。

その朝、朝食の支度ができているのに、邦夫はまだ降りて来ない。こういうことが、たび重なってきている。味噌汁を幾度も温め直したり、私はパンを焼くためのトースターを作動させられない状態で、邦夫が食卓につくのをじっと待つ。待ち兼ねた満夫が二階に上っていき、邦夫を連れて戻ってくることが当たり前のことになっている。ようやく二人の足音がして、食卓の周りが埋まった。敦子が味噌汁碗を満たしていき、私はパンを飲み込んだままのトースターのダイアルを回した。

「邦夫さん、お早う、ご機嫌いかが？」

と、いつものように、敦子が作り声でいった。それに対して、邦夫は軽く会釈を返したり、「はい」と小さな声で応じたりするのだが、今日は聞こえないのか、何の応答もしない。

「あら、今日はご機嫌が悪いみたいね」

敦子がもう一度作り声を出して、私達の遅い朝食が始まった。

テレビでもつければ、こんな重苦しい時間が少しは救われるのにと、私は思うが、食堂にテレビはない。無論、私は食事の時にテレビを見たりするのは嫌いだし、実家でもそんな習慣はなかった。しかし、こんなふうに皆が黙ったまま食事の時間を過ごすことに、邦夫はともかく、両親は苦痛を覚えないのだろうか。テレビを置いて下さいと提案してみようかと思うこともあるが、一方で、食堂にテレビが入ると、今度は邦夫が食堂から動かないまま一日を過ごすことになるかもしれない。その鬱陶しさを考えると、それは止めた方がいいように思えるのだ。

そんなことをまた、ぼんやりと思い浮かべていると、

「ほら、ちゃんと箸を握らないと」

という満夫の声がする。私はそこではっと我にかえって、二人を見た。邦夫の手に満夫が箸を握らせようとしている。邦夫は満夫の手を邪険に振り払って握ろうとしない。満夫は根気よく何度も、邦夫の指を開き、箸をその中に押し込もうとする。

「お匙の方がいいのかしら」

と、敦子が驚くようなことをいった。ようやく、邦夫は箸を握り、食べ物をつまみはじめた。しかし、それも長くは続かないで、すぐに邦夫の指の間を片方の箸が滑り落ちた。それは、テーブルをころころと転がり、私のパン皿にぶつかって止まった。邦夫はもう片方の箸も投げ出すと両手を膝に置き、体を小さくまるで震えているかのように揺すりはじめた。

「どうしたの？　ちゃんとおっしゃい」

と敦子がいい、満夫が、

「どうしたんだ」

といいながら、邦夫の肩に手を置いて彼の顔を覗き込んだ。しかし、邦夫はただじっと正面を見据えたまま、体を揺らし続けている。満夫がわかったというように大きく頷いた。

「トイレだろう。トイレに行きたいんだろう」

邦夫の表情が和らいだ。視線を父親の方に移すと、こくりと頷いた。それはもう幼児の仕種だった。

「そうか、そうか」

と満夫が立ち上がり、「そら」といいながら邦夫の片方の脇の下に手を入れて立ち上がらせようとする。敦子もすかさず立ってきて、もう一方の脇の下に彼女の腕をくぐらせた。両親に抱えられながら、邦夫はトイレに立っていった。敦子は食堂を出る時、私の方を振り向いて、照れたようにかすかに笑った。申し訳ないわねといっているように見えた。

私も立ち上がっていた。ただ、まるで金縛りにあったように、動きがとれないでつっ立ったままだった。去年の梅雨の頃、大学病院の予診の医師がいった言葉が、脳裏に浮かんだ。彼の言葉通りの場面が現実に目の前で展開されたのだ。「一人でトイレにも行けなくなった例があります。人間無気力が高じると、そこまでいくんです」。

それから私がとった行動は、食堂を出て二階の自室に行き、クローゼットを開けて一番先に目についた街着を取り出して着替え、ハンドバッグだけを持って外に出たことだった。

バスストップに行く途中の電話ボックスに入ると、ふーっと大きな息を思い切り吐いた。それまでずっと息をこらえていたような気がした。それで少し落ち着きを取り戻したようだ。腕時計を見ると、十時半になりかけている。卓二の大学に電話をかけた。もう、これ以上、山形家にとどまってはいられない。とどまる理由は何一つない。とにかく誰かに私が置かれているこの異常な立場を説明したかった。そこから逃げてきた正当性を認めさせたかった。それから先のことはまだ何も考えていない。それはそれでまた考えればいいことで、今はまず、誰かに会って話すことだ。そしてその相手は卓二しかいない。

「今すぐ、ルナに来て、待ってるから」

「何かあったの?」

「ええ、でも電話では話せない」

卓二はしかし、すぐには出て来られないという。

「少し、待てる? 今日はずっと教授のヘルパーで授業に出ないといけないんだ」

「何時頃終わるの?」

「午後の三時十五分まであるんだ」

「何とかならないの?」

私のただならない様子が心配になったのだろう。

「じゃあ一こまだけで、あとは教授に頼んでみるから」

「それで、何時になったら来てくれるの」

「一時までには行けると思う」

「じゃあ、一時ね。必ず来てね」

「ああ、必ず行く。でも何だか心配だね、マスターに電話でたのんでおこうか」

「それは大丈夫。じゃあ、今からルナに行ってるから」

タクシーを拾うことも考えたが、バスに乗った。一時までにはたっぷり過ぎるほど時間があった。バスの微かな振動に身をゆだねていると、疲れが少しずつ消えていくようで心地よかった。

窓ガラスをすべっていく通りの商店の看板の文字を一つずつ目で拾い、口の中で小さく声に出して読んでいった。そうやって頭をからっぽにしておかないと、自分が何かとんでもないことをしでかしそうで不安だった。

ルナの扉は綺麗に磨かれ、一坪ほどの煉瓦敷のエントランスには水が撒かれ、ピンクや黄色のベゴニアの鉢が幾つか並んでいる。半年前のあの惨めに荒れていたルナは嘘のように消えてしまっている。私はそっとノブを回した。こうやって、ルナのノブを回すのは一年半ぶりのことだ。その当時と同じ感触が私の掌に蘇った。中に入ると、目の前に島崎さんが立っていた。

彼は幾分照れたように、

「お久しぶりです」

と、いった。私も、同じ言葉を返した。

「お久しぶりです」

店内には客の姿が一人も見えない。時間帯のせいでもあるだろうが、客が少ないことには変わりがないらしい。窓際の一番奥の私と卓二の定位置のようになっていた席に進み、腰を下ろした。顔馴染みのアルバイトの女の子が氷の浮いた水のコップを運んできた。彼女も呼び戻されたらしい。私はぐるりと店内を見回した。何も変わってはいない。ただ、中程あたりのテーブルが取り除けられ、代わりに水槽が置かれている。私は立って行って、水槽の中を覗いた。水ばかりで魚がいる気配はない。酸素の発生装置の電源も切られている。

島崎さんが近づいてきた。

「四、五日前までは珍しい魚がいたんですよ。ウーパールーパーといって、人魚みたいに手足があるんです」

「ウーパールーパー？　人魚？」

「人魚といってもあのローレライの人魚とは大違いですよ。せいぜい二〇センチくらいの大きさしかありませんし、別に腹から下が魚でうろこがあるわけでもない。ただ、ピンクっぽいに灰色で、よく見れば結構可愛い顔をしてます。なんでも山椒魚の種類らしくて、僕が客寄せになるような珍しい魚を持ってきてって卓二にたのんでたら、持ってきてくれたんです。しかし、珍しい魚というのは弱くて、五匹いるうちの三匹の調子がおかしくなりましてね。餌には冷凍のアカムシをやってたんですが、多分、客が変なものを食べさせたようで、すっかり元気がなくなりましてね。それで、今卓二のところに元気になるまで、預かってもらってます」

島崎さんは私が突然ルナに現れたというのに、少しも驚いていない。多分、卓二が電話で知らせておいたのだ。私は席に戻りながらまたゆっくりと店内を見回した。壁面にあった桐子さんの絵が全部無くなっていた。ルナで一番変わったことといえば、このことだろう。私はあのボートの絵がどうなったのか気になった。島崎さんに聞いてみたいが、そうはいかないだろう。

席に戻ると私についてきた島崎さんが、

「何にします？」

と注文を聞いた。私はこの時ふっと空腹を覚えた。朝、結局パンを食べないままで家を出てきたのだ。今、私はふっくら焼いた厚切りの食パンにマーマレードをたっぷり載せて食べたいと思った。

「いいですよ」

島崎さんは笑顔で頷くと厨房の方に去っていった。私はコンパクトをバッグから取り出した。

ひどい顔をしているはずだった。洋服を着替えるのが精一杯で、とてもお化粧をする暇はなかった。朝、顔を洗った後、さっと白粉をはたき、口紅を薄く塗っただけだった。コンパクトの中の顔は乾いて艶がなく、目の下にも隈ができている。口紅も落ちかけている。私は客が誰もいないのを幸いに、簡単に化粧直しをした。口紅を少し濃い目につけた。

島崎さんがトーストとマーマレードの皿、それにコーヒーを二つ盆に載せてくると、

「僕もお相伴させてください」

といいながら、前に座った。

私と島崎さんはコーヒーカップを同時に持ち上げると、乾杯するように目と目を合わせて笑みを交わした。

「再会を祝して」

と、島崎さんがおどけていい、私も、

「お帰りなさい」

と、応じた。

私と島崎さんは暫く黙ったままコーヒーを啜った。

「聞かないんですか？　なぜ帰ってきたかって」

島崎さんがぽつんとした調子でいった。

「聞いても構わないんですか?」

「ええ、聞いてもらいたいですね。卓二にはまだ話していないが、早く聞いて貰った方がいいんです。その方が僕等は今まで通りの、自然な付き合いができると思うんです」

私は私の秘密を卓二に聞いて貰うために、ルナに来たはずだった。それが、その前に、島崎さんの一件を聞かされることになった。私はこの意外な展開に戸惑った。しかし、彼と桐子さんの逃避行の顛末を知りたいという思いも強くある。それに、これも彼がいうように、お互いにそこのところを避けている以上は、元通りの付き合いはできないというのは確かなことかもしれない。

「じゃあまず聞きたいのですが、あそこにあったボートの絵は今どこにあるんですか?」

私はその絵がかかっていた壁を指さした。

「多分、オーナーのところにあると思います」

「私、あの絵とても好きでした」

島崎さんは頷くと、

「桐子さんもそういってました。自分が描いた中で一番好きだって」

「それが桐子さんの手元にはないんですね」

「いや、大きな絵だから、彼女は持って行けなかっただけですよ。彼女は今、パリにいます」

私は驚いた。

「オーナーが絵の勉強に行かせてるんです。そして、僕は元通りこうしてルナのマスターでいます。オーナーの好意ですよ」

オーナーの好意ですという時、島崎さんは自嘲気味に笑った。

「変でしょう、本当にそんなことがあるのかって貴女の目はいってますが、でも、本当なんです。オーナーの好意なんです」

島崎さんの手が私にトーストを食べるようにとすすめている。私はパンを取り上げ、バターを塗り、マーマレードを載せた。その一連の動作を見ながら、島崎さんは続けた。

「去年の春、そう桜が終わる頃でしたね。ある晩遅く桐子さんがふらっと前触れもなく現れたんです。絵を描くのに飽きて退屈だったからといって」

それでかんばんにした後も、二人で遅くまでカクテルを飲んだ。その時、ふっと桐子さんが今の生活が嫌になったといい、島崎さんも自分の今の境遇が億劫なものに思え、それで駆け落ちの話がまとまったのだという。

「だから、特別駆け落ちの動機らしいものはなかったんですよ。桐子さんにしても、僕にしてもお互い好きあってたというわけでもなく、まあ、俗に魔が差したというあれですかね」

「何処にいらしたんです？」

「ご存じとは思いますが、オーナーというのがその筋の人だから、見つかったらどうなるか、それはやっぱり怖かったですよ。だから、ここなら当分は見つからないだろうと思えるような人里離れた山奥のY村を選びました。この店に月に一度、その山奥から来る人がいましてね。この辺に借家を持っていて毎月一度家賃を取りに来るんです。銀行振込にしたらいいのにといったら、月に一度都会に出て来るのが楽しみだからといって、必ず店に寄ってくれるんです。その人を頼ってそこに行きました。一軒だけ民宿がありましてね、そこを紹介してもらって。夏休みには学生が来たりしますが、ほとんど知られてないので、恰好の隠れ家でした。しかし、僕は昔同じようなことで、酷い目に遭ったことがありましてね、卓二から聞いてらっしゃると思いますが。毎日、毎日ひやひやしてました」

島崎さんから聞いた山奥の里のY村というのは、行ったことはないが、聞いたことはある。市内の中心部から車で四、五時間はかかりそうな県境のいわば辺境の高地にある村里である。夏は涼しいかわりに冬期の寒さは格別で、雪のために何週間も交通が遮断してしまうこともあるらしい。

「そこに、何カ月もじっと隠れてらしたの？」

「ええ、ここに戻ってくるまでじっと」

「一日中何をしてらしたの？」

「最初の頃は一日中じっとその民宿に籠ってました。怖くて外に出られないんですよ。でも、段々横着になりましてね。昼間は僕は魚釣りをしました。川の水がとても綺麗で、鮠とかヤマメ、岩魚なんかがいるんですよ。そう、鮎もいましたね。桐子さんも段々慣れて、外で絵を描くようになりました。本格的にイーゼルをたてて油絵をね。彼女、油絵の道具を一式持ってきてたんです。それから村のあちこちを探検して回ったりもしました。上の方に小さなダムがありましてね、そこにあった一部落が水の底に沈んでいるんですよ。水量がすくなくなると枯れた立木だの家だの道や橋なんかが現れてくるんです。僕がそういうとまるで幽霊部落みたいに思われるかもしれませんが、これが意外に明るくて懐かしい風景なんですよ。僕らはそこが好きで、水底に降りて行って、橋を渡ったりして遊びましたよ」

「夜はテレビを?」

「いや、そこは山が深いからテレビはあっても映りが悪くて、多分テレビ自体も古かったと思いますが、画面に雨が降ってとても見られる状態じゃなかった」

「じゃあ何を?」

私は島崎さんの目を見つめながら訊いた。島崎さんも私の目をじっと見返しながら、

「夜、やることといったら、男と女がいて、やることはきまっているでしょう」

「きまっている?」

「そうです。僕らは毎晩毎晩、男と女がやることをやってました」

島崎さんの目は私から離れ、遠くを見るように視点を向こうに移した。

「ちょうど去年の今時分でしたね、青葉木菟が一晩中鳴くんですよ、ほー、ほーっと。僕らも負けずに一晩中やってました。青葉木菟がほー、ほーと鳴くのを聞きながら。汗をびっしょりかきながら。諒子さんは育葉木菟の声を聞いたことがありますか？」

「いいえ」

私は首を振った。青葉木菟を見たことはない。だが、梟や木菟《みみずく》の仲間だという程度の知識はある。

「やっぱり梟みたいにほー、ほーと鳴くのね。でも、島崎さん、梟と青葉木菟の違いがわかるんですか？」

「Y村の人達が、あれは梟ではなくて青葉木菟だといってましたから。梟より少し甲高い声で鳴くそうです。青葉木菟のことをほーほー鳥と呼んでましたよ。そしてこの村には梟はいない、ほーほー鳥しかこないともね」

「ほー、ほーと鳴くからほーほー鳥」

「そう、ほー、ほーと物悲しげに鳴くんですよ、一晩中。何が悲しいのかわからないが、やっぱり悲しいことがあるんでしょうね。太古の昔からああやって、ほー、ほーと鳴き続けてきた、鳴き続けるそのことが悲しいのかもしれない」

去年のまだ寒い頃、新婚旅行先で私が一人で観覧車に乗った時、どこかの神社の森が見えた、その黒々と広がる樹林のどこかに、青葉木菟がいたかもしれない。そして夜、一晩中ほー、ほーと鳴いていたかもしれない。私の耳にふとそのほー、ほーと鳴く青葉木菟の声が聞こえてきたような気がした。それに重なるように、島崎さんの声がした。

「そのうちに僕らの金が底をついてしまった。それはそうですよ、毎日遊んで食べてたんですから。桐子さんが最後の金を下ろすつもりで郵便局に行ったら、通帳に、彼女がT氏から手当てとして貰っていた金が、毎月ちゃんと振り込まれていたんですよ。これには参りましたね。それがわかってから三カ月はまだY村にいたんですが、その間もきちんと振り込まれてくるんです。本当に参りました。それで僕らはよくよく考えて、T氏のところに戻ったんです。どんな仕打ちをされてもいい覚悟でね」

「怖くなかったんですか?」

「僕らのその時の心境は蛇に睨まれた蛙でしたから、怖いとか怖くないとかを超えてました」

「それで、Tさんは何もしなかった?」

「ええ、桐子さんにはパリに行って絵の勉強をしろといい、僕にはまたルナのマスターに戻るつもりはあるかって、それだけでした」

「どんな積もりだったのかしら」

「よくはわかりません。しかし、ひょっとしたら一番効果的に僕らを罰してるのかもしれませんね」

「だとしたら怖い」

「ええ、もう、僕らは一生、オーナーから逃げられません。さっき蛇に睨まれた蛙といったでしょう」

「でも、それでいいんですか？」

「仕方がないでしょうね。しかし、考えようによってはこの境遇も満更捨てたものではないんですよ、ここでマスターをやってる限り食べていけますからね、気楽でいい商売ですよ。桐子さんにしても絵を描く者なら誰でも憧れるパリにいて好きな絵を描いてくらしていける」

「一生、それでいいわけでもないでしょう。桐子さんにしてもいずれは帰ってくるんでしょう」

「そうですね、その時はまたその時で考えることにしてるんです」

島崎さんは先程から、コーヒーカップに匙を突きたててゆっくりとかき回す動作を続けている。私はパンを一枚いつの間にか食べてしまっていた。どんな味がしたかは思い出せない。マーマレードをたっぷり載せていたので、かなり甘かったはずだが、その記憶が全くない。口中にその味覚がまだ残っていてもよさそうなのだが、コーヒーの苦みで消されてしまったのだろうか。ただ、私はパンを食べ、コーヒーを飲む間、一つの決心をしていた。その決心は消してはいけないものだ。

私は真っ直ぐに島崎さんを見ていった。

「ねえ、島崎さん、私もその青葉木菟の鳴き声を聞いてみたい」

島崎さんは驚いたように私を見返した。

「どういうことですか？」

「今、ちょうど青葉木菟が鳴いている季節でしょう。ほー、ほーって、一晩中」

「それはそうですが」

島崎さんは恐る恐る答えてくる。

「だから、Y村へ車で行くにはどう行ったらいいか地図を書いて下さらない？」

「一人でですか？　まさか駆け落ちするんじゃないでしょうね」

「駆け落ちするのよ」

「まさか、卓二とじゃないでしょうね」

島崎さんは脅えたような声を出した。

卓二と私がルナで待ち合わせをしていることを知っているので、島崎さんがそう思うのも無理はない。私は構わずにバッグから取り出した手帳の一枚を破って、ペンとともに島崎さんにつきつけた。

「ここに、簡単でいいから地図を書いて下さい。それからそこの民宿の名前も教えて下さい」

「本気なんですか。ほんとに卓二と行くんですか？」

私は島崎さんが安心するように笑ってみせた。

「いいえ、相手は彼じゃないわ」

腕時計を覗くと、十二時を少し回っている。

「彼との約束は一時だから、彼がここに来るまでに私は消える積もりよ。だから早く地図を描いて下さい」

島崎さんは諦めたようにペンを取ると、記憶を辿るようにして地図を描きあげた。

「本当に行く積もりですか？」

「ええ、本当に行くの。島崎さんありがとう、貴方のお話を聞いていて、私、どうしてもそこに行きたくなったの。お話を聞かせて貰ってよかった」

島崎さんから渡された地図を見ると、なんとかそこまで車を運転して行けそうだった。私は地図をバッグにしまうと立ち上がって、島崎さんの方へ手を出した。

「今日はどうもありがとう、そのうち又お会いしましょうね、卓二さんがきたら、急用で出て行ったって伝えて下さい。家に電話をしても無駄だってこともね。それから、Y村に私が行くってことはくれぐれも内密にね」

島崎さんは眩しそうな目で私を見ながら、差し出した私の手を握り返した。

私が扉を開けようとすると、向こうから開いて、サラリーマンらしい数人の男達が入ってきた。ルナはトースト程度は出すが昼食の類は出さない。多分会社の食堂で食事をしたあと、コーヒーを飲みに来たのだろう。島崎さんは振り向いてさよならの意味で手を上げた私に向かって、同じように軽く手をあげて応え、客を案内していく。私は今度はアルバイトの女の子にさようならの目くばせをしてドアのノブをしっかりと掴み、扉を開けた。

今から家に戻り、満夫と敦子に有無をいわせず手伝わせて、力ずくで邦夫を私の車に乗せ、一気にY村に突っ走るつもりだ。そして、一晩中、私と邦夫と二人きりで青葉木菟の鳴き声を聞いていよう。男と女がやることをやりながら。ほー、ほーという太古の昔から鳴き続ける青葉木菟の声は邦夫の体も魂も甦らせる力を持っているに違いない。邦夫が癒されないと私も癒されない。私は今そのことにはっきりと気づいていた。何カ月先のことになるかもしれないが、邦夫と二人で元気になったウーパールーパーを見に、このルナに来よう。

白い朝

一枚ガラスの引き戸を透して、梅雨明けの朝の陽光が、食堂のテーブルにまで届いている。ガラス戸は中庭に面している。中庭は春加の望みでイギリス風に、といってもごく小ぢんまりとしたものでしかないが、レンガの縁取りの花壇が幾つか造られている。しかし、例年のことだが、梅雨の間に雑草がはびこり、アザレヤやアイリスなどが美しく色どっていた辺りを完全に凌駕してしまっている。

ブラインドを下しましょうか、と直美がいい、久しぶりの太陽だからこのままでいいんじゃないか、と修二がいった。直美は春加に視線を向けた。

「そうね、少しまぶしいけど、でも、このままでいいわ」

春加はそういいながら、修二の前にコーヒーを満たしたカップを置き、直美と自分の前には紅茶のカップを置いていく。直美は、そうですね、外が見えて明るい方がいいですね、と答えながら、ユリには彼女用のガラスのコップに少し温めた牛乳を注いだ。ガラス戸を透してくる陽光は鈍く水分を含んでいて、テーブルを囲む四人の輪郭をぼーっと白く滲ませている。

パンが焼ける香ばしい匂いがして、誰かがレタスを噛む音がし、誰かがパンをちぎる音がかすかに響いて、いつもと変わらない朝のひと時が過ぎていく。

ユリがミルクの入ったコップを倒し、白い液体がテーブルの下まで流れ落ちた。春加がユリを軽く叱り、そんな春加を非難するように修二が眉をひそめ、直美はあわてて布巾でこぼれたミルクを拭き取っていく。テーブルの下にこぼれたミルクは、まるでヨットの白い帆のように三角形にひろがっていた。ミルクは瞬時に布巾の中に吸い込まれていき、跡形もなく消えてしまったが、白いヨットの帆のような形は、直美の意識の中にも吸い込まれ、時々、ふっと彼女の脳裏に浮かび上がってくるのだった。それはこの朝を境として、家族を襲っていく悲劇としかいいようのない一連の出来事の予兆だったからかもしれない。

修二が勤務先に出ていき、その後、直美はユリを幼稚園に車で送っていった。幼稚園ではやはり子供を送ってきた、顔見知りの四、五人の母親達ととりとめのない雑談で、少し時間をとり、家に戻ってくると、春加が朝食の後仕舞いをおえて、ガラス戸を磨いていた。春加は脚立に乗っている。

「危ないですよ、上の方は私がやりますから、お母さまは下の方を磨いて下さい」

直美は、危ないですよ、といったが、脚立の上の春加は体のバランスを上手にとっている。中学、高校と、彼女は部活でバレーボールをやっていた。だからだろうか、とても六十が目の前とは思えない、しなやかな身のこなし方をする。だから、直美は本気で、危ないですよ、といったわけではないし、春加もそれがわかっているので、笑っているだけだ。

この日は幼稚園で給食が出るので、ユリの迎えは三時までに行けばいい。給食の無い日は十二時までに行かなければならないので、午前中は落ちつかない。時計ばかり気にしている。何かをすませたといえることができないまま、幼稚園に向かうことになる。だが、今日は違う、三時までだとたっぷり時間がある。途中、昼食に時間をとったとしても、春加と二人切りの昼食だから、簡単なものでいい。準備から後片付けまで一時間と少しあれば十分だろう。直美は古い長袖のシャツを着込み、膝が大分すれたジーンズをはき、頭にはつば広の帽子を被って庭に出た。我がもの顔ではびこっている雑草を容赦なく抜いていく。長い雨の後で、まだたっぷりと水を含んでいる土だから、面白いほど簡単に草が抜ける。ガラス戸から半身を覗かせるようにして、春加がそれを見ている。

「やっぱり、日本では花壇づくりは手がかかるわね、雑草はやたらはびこるし、せっかく花が咲いてもすぐに終わって枯れてしまうから、次々に何か植え続けていかないと駄目なのね。イギリスでは一度花が咲くと、半年くらいは枯れないで咲いてるのよ」

花壇の花が半年も枯れないで咲いているなんて、それは少し大げさな表現だとは思うが、しかし、湿度が高い日本と比べれば、イギリスの花の寿命はそれなりに長いのかもしれない。根腐れのような状況がおこりにくいからだろうか、と直美は春加の言葉を黙って聞いている。

春加は商社勤めの夫とともに、かなりの年月、イギリスで暮らした経験を持つ。イギリスでは社宅の庭の花壇が素晴らしく美しかったと、折りにふれていう。それが忘れられないから、自分で花壇を造ることを考えついたらしいのだが、すぐにそれが無謀な企てだということに気づいた。イギリスとは異なる気候、それに春加一人でできる作業量はたかがしれている。社宅では業者が管理し、常に手入れを行っていたから花壇は美しく保たれていたのだ。住人はただ見惚れるだけでよかったのだ。

直美は午前中、ずっと草取りを続けた。ガラスを磨きおえた春加も庭におりてきて、直美が抜いた草をまとめて袋に入れたりしたので、それ程広い庭ではないから、見違えるほどすっきりとしてきた。

それから二人はシャワーを浴び、着替えをして、冷や麦にサラダだけの簡単な昼食をとった。

「なんだか、とてもいい気分ね」

春加が食後のお茶をいれてくれる。

「ええ、久しぶりに汗をかいて、体が軽くなったような気がします」

直美は箸を置き、湯飲みに手を移し、さみどり色の液体を口に含んだ。爽やかな香りが口中いっぱいに広がった。

「新茶ですね」

「ええ」

「笙子さんのところから？」

ええ、と頷いた春加の面に憂いの色が浮かぶ。彼女はいつも笙子のことが気がかりなのだ。

笙子は春加の娘、つまり修二の妹で、夫の太田伸は県立高校の国語教師である。笙子は彼の教え子だった。伸の実家は地元の大きな茶問屋で、彼は長男だから本来なら家業を継ぐはずだが、大学を出て教職に就くとすぐに家を出てしまった。家業は弟夫婦が継ぐことになったので問題はないが、伸と笙子の結婚には両親は猛反対をしたという。結婚式だけは挙げさせて貰えたが、実質、太田家の嫁としては認められてはいないらしい。

「どうして、ご両親はその結婚に反対されたの？」

直美が修二から笙子のことを聞いたのは、直美たちが婚約して間もなくの頃だ。

「笙子が若すぎたからだろう。まだ十九だった」

「十九」

直美は笙子の結婚時の年齢を知って、一瞬驚いた。しかし、教師と生徒が好き合って結婚するというのは、それ程珍しいことではないし、その場合、花嫁の年齢は比較的に若いというのも通例かもしれない。それに、教師と女生徒との関係が一線を越えてしまって、女生徒が身籠もった場合、二人は急いで結婚という道を選ぶこともままあることだ。笙子の場合もひょっとしたらそのケースだったのではないかと、直美は咄嗟に思ったりもしたが、それは違うようだということは、修二の次のような言葉から推測された。

「それに、笙子は体が弱くてね、向こうの両親は子供が産めないんじゃないかと心配してるらしいから、それも反対する理由だろう」

「向こうのご両親だけじゃなく、貴方のお母様だって反対されたんじゃないの？　高校を出たばかりの娘をお嫁になんかやりたくなかったと思うわ」

直美のこの言い分に対して、修二は答えなかった。それどころか、笙子のことにはできるだけ触れたくないというように、話題をすぐに逸らした。だから、直美が修二と結婚するまでに笙子のことで知りえたのは、この程度でしかなかった。担任教師である伸を虜にしてしまった笙子という女性に、直美は会ってみたかった。それに、間もなく義理の姉、妹という関係になるのだから、会わせてもらってもいいはずだ。しかし、直美の願いは結局叶えられないままだった。笙子は人見知りが激しい質だから、というのが、いつも使う修二の口実だった。

「僕たちの結婚式には出るから」ということだったが、笙子はつわりがひどくて入院中ということで、式には伸だけが出た。

新婚旅行から帰ってきた直美は春加に連れられて、旅行の土産を持って笙子を見舞った。それを春加に望んだのは直美だった。

「私、笙子さんにお目にかかれないままなんですよ。修二さんにいくらお願いしても駄目だったんです」

「忙しいからじゃないかしら」

と、春加は素っ気ない。

笙子はベッドの上で起き上がるのも辛いのか、一度、体を起こそうとしたが、そのまま倒れこんでしまった。

「そのままにしてなさい」

と、春加は気づかわしそうにいい、

「こちらが直美さん、貴女のお姉さんになった人よ」

と、二人を引き合わせた。

初めて会った笙子の美しさに直美は息を呑んだ。これは、と彼女は思わず内心で呟いていた。体が弱いと聞いていた通り、笙子は透き通る白さで、華奢で、いかにも儚げな風情を見せている。それがかえって彼女の美しさを際立たせているのかもしれない。

「初めまして」と消え入るような声でいって、じっと直美を見つめた大きな瞳は漆黒の長い睫毛の下で、濡れたように艶を帯び、妖しい色あいさえ湛えている。

直美の背筋を一瞬、ぞくっと冷たいものが走った。まともではないようなこの美しさはひょっとしたら、笙子は精神を病んでいるのではないだろうか。それで、修二は笙子を直美に会わせるのを拒んでいたのかもしれない。直美の脳裏をふっとそんな思いがかすめたが、しかし、笙子にはそんな気配は少しもない。控え目だが、直美と普通に会話を交わす。兄夫婦の新婚旅行先がシンガポールだと知ると、大きな目を一層大きくさせながら、自分もいつか行ってみたいと思っていた、マーライオンがみたいからだ等という。

「笙子さん達の新婚旅行先はどちらでしたの?」

「私達はハワイ、ありきたりでしょう」

「シンガポールだって同じですよ。私は本当はフィジーに行きたかったのよ」

「ああ、フィジーもよさそうな所ですね、いらっしゃればよかったのに。どうしてシンガポールになさったの?」

「修二さんに反対されて。一度も行ったことがない所は不安だからって」

「兄はシンガポールには行ったことがあるのかしら」

「ええ、最近、支社ができて、二、三度出張で」

「知らなかった」といった笙子の表情が微かに曇った。

「じゃあ、転勤でシンガポールに行ってしまうことだってあるのかしら」

「その可能性はかなり高いみたい。修二さんがそういってましたから」

笙子の顔色が変わった。笙子の眉の辺りに不安の色が浮かび、口数が少なくなった。

「あ、でもまだ決まったわけじゃないんですよ。そういう可能性もあるというだけのことですから」

「仕事なんだから、そういうことになっても仕方がないのよ。笙子にだってそれ位のことはわかるでしょう」

傍から、春加が言葉を挟んだが、邪険とも聞こえる口ぶりだ。

笙子は兄の修二が好きだし、頼ってもいるのだ。母親の春加以上にかもしれない。幼い時から、母親不在の生活が相当期間続いたのだから、兄を頼りにしてきたのだ。致し方のないことかもしれないではないか。しかし、春加にしてみれば何となく愉快ではない。それがあの口ぶりになって現れたのかもしれない。帰りのタクシーの中で、直美はそんなことを漠然と想像しながら、

「修二さんがなかなか会わせてくれなかったのは、笙子さんがまるでお人形みたいに可愛らしいというか綺麗な方なので、ひょっとしたら出し惜しみしてたのかもしれませんね」

と、冗談めかしていったが、案外それは当たっているかもしれないとも思ったことだった。

笙子が兄を好きなように、修二も妹が可愛くて一人占めしておきたい気持ち、なるべくなら人

目に晒したくない思いが、無意識のうちに働いていたのかもしれないではないか。

春加がふっと溜め息を洩らした。

「あれでちゃんと子供が産めるのかしら、まだすっかりは大人の体にはなっていないような気がするのよ」

春加の不安は的中した。笙子が流産したと知らされたのは、それから一週間ほど後のことだった。大事をとって入院していたとはいっても、やはり笙子の体はまだ出産に耐えられるほどには成熟していなかったのかもしれない。

二年後、笙子が再度身籠もった時、直美も妊娠しており、直美と笙子は二カ月違いでそれぞれが母親となった。直美は女の子を産みユリと名付け、笙子は男の子で恵一と名付けられた。笙子はいわゆる産後の肥立ちが悪いというのか、赤ん坊は順調に産院を退院できたが、笙子はいつまで経っても病院暮らしから抜けられないでいる。その間、恵一は伸の実家に預けられ、伸の弟夫婦が面倒をみていた。春加は、時折、笙子を見舞っているらしいが、黙っているのではっきりとはわからない。それとなく察した直美が「どちらへ」と外出先から帰った春加に訊ねることもあるが、春加はあいまいに「ちょっと」というだけだ。娘を見舞うのに何故隠す必要があるのか、直美には理解できない。

修二に、「お母さまはどうして秘密になさるのかしら」ときいたことがある。その時の修二の答えがまた、直美を戸惑わせた。

「笙子を見舞いに行ったことが君の口を通して、僕に知られると困るからさ」

「何故、貴方に知られたらいけないの?」

「笙子がいつも病気をして入院ばかりするようになったのは、笙子を早く結婚させたおふくろのせいだからね、僕がそういっておふくろを責めると思ってるのさ」

「でも、笙子さんは担任の先生だった伸さんに、是非にと懇願されたからだし、それに、笙子さんも先生が好きだったからだって、お母さまから聞きましたよ」

「しかし、笙子は身体的にも精神的にもまだ結婚するには早すぎたんだ。僕はだからもう二、三年待ったがいいと反対したんだ。それに先方の家族もこぞって反対だった。それをおふくろが一番乗り気で進めたんだよ」

直美は、修二がいったことに納得したわけではない。というのは、それだけ笙子のことを思っているのなら、彼女の見舞いに一度や二度は行ってもよさそうなのに、そうした様子はないからだ。

そのうち気づいたことだが、春加も修二も笙子のことをあまり話題にしない。何故なのか、直美は気にはなったが、さしあたって詮索することでもないし、もし、わけがあるのであればそのうち自然にわかってくることだろう、結婚してまだ三年しか経っていないのだ。夫や姑のことでもその他のことでも、まだまだ戸惑うことが、今後、山ほども出てくるかもしれないのだ。

お茶を飲みながら、午後からはミートパイを作るつもりだ、と春加がいう。それを持って笙子の家を訪ねるつもりらしい。春加の作るミートパイを笙子はことのほか好んでいると聞いたことがある。笙子だけではない、春加の作るミートパイは誰かれの区別なく人気がある。美味しいという評判のデパートやホテルのショップで買ってきたのと比べても、遜色がないどころか、もっと美味しい。何か秘密があるのかもしれない。

結婚前の直美も時にはミートパイを作ることがあった。得意な料理の一つだったかもしれない。しかし、春加のパイの味を知ってからは一度も作ったことがない。家にはその家独自の美味しい料理が必ず幾つかあって、姑から嫁へと代々伝えられていく。直美はいつか春加のミートパイの作り方を習うつもりだ。今はまだ少し早い。春加はまだ元気だし、彼女でなくては出せない、素晴らしい味を堪能させてもらっていればいい。春加がもっともっと年を取って、もう台所に立ちたくないといい出す頃までには覚えて、修二やユリそれに笙子達の家族、無論春加にも喜んで貰うつもりだ。

昼食の後片付けの延長で、ミートパイづくりを始めるので、あなたは、ユリの迎えの時間が来るまで、自由にしていていいと春加からいわれて、直美はもう一度庭に下りた。雑草はまだまだ残っている。長雨の後なので、抜きやすい。小さな草の山が幾つかでき、時計が二時を回ったところで、作業を止めて、また、シャワーにかかり、木綿のワンピースに着替えた。糊づけをしてきちんとアイロンをかけたものなので、直接、膚にまとわりつかずにさらっとした感触が心地いい。

台所を覗くと、春加が麺棒でパイ生地を延ばしているところだ。ユリを迎えに行ってきますと、直美はいい、お母さまのミートパイ、ユリも喜びますわ、と付け加えた。

「もっと早くからやってれば、ユリちゃんが帰ってきた頃には焼き上がってたのにね」

「明日は給食がない日で、早く帰ってきますから、明日のお昼にちょうどいいですよ」

三時少し前に幼稚園に着くように、直美は家を出た。幼稚園で、また少しだけ先生やお母さん達と無駄話をして、ユリにせがまれて、スーパーマーケットの絵本コーナーに立ち寄り、テレビで人気があるアニメの絵本を買ってやったりしたので、いつもより帰りが遅くなった。

家の中が妙に静かだった。ミートパイが焼けるいい匂いもしていないし、台所に春加の姿もない。調理台の上にはパイ皿に生地が敷かれたままの状態で放置されている。傍には、挽き肉やみじん切りの玉ねぎがボールに入って置かれている。

直美は春加を探して二階の春加の部屋まで行った。直美が出かける時まで春加が着ていた衣服が脱ぎ捨てられている。外出の時、よく持っていくバッグもない。春加が自分の意志で外出したことがわかって、直美はほっとした。とはいっても、途中、道草をしなければよかったと、後悔をした。何か急な用件ができて、外出しなければならなくなったのだろう。春加は直美の帰りを待ちわびていたに違いない。とうとう待ちきれずに外出したということなのだろう。

もう一度台所に戻った直美はパイ皿の下に一枚の紙切れが挟んであるのを見つけた。それには、笙子の夫の伸が倒れたこと、笙子がそれでパニック状態になっていること、笙子に会って確かめないことには何もわからないから、とにかく出かけるというようなことが走り書きされていた。

伸が倒れたとはどういうことなのか、直美にも皆目見当がつかない。修二に知らせた方がいいかもしれないと、電話機の傍まで行き、受話器をとったが、修二は私用の電話が勤め先にかかってくるのを嫌うので、それは止めた。多分、春加が知らせることになるだろうし、あるいはもう知らせているかもしれないと思ったからだ。

「あ、ミートパイ」

ユリがいつの間にか台所に入ってきていた。

「ハルママは?」

春加は「おばあちゃん」と呼ばれることを嫌って、ユリには自分のことをハルママといわせている。春加は確かに「おばあちゃん」という雰囲気ではない。直美の母より二歳年長だが、母より五、六歳は若く見える。「外国生活が長かったんだから」と、母はいうが、それは違う、心がけの違いだと思うと、直美は主張する。頬や顎のあたりの弛み、目尻や口許の皺等、よく見れば春加も相応に年を重ねている。しかし、ちょっとした手の仕種や身のこなし、顔の表情や声の響き、身につける物や持ち物、そういったものに独特のセンスが感じられるのだ。直美は春加と共に暮らしていて、こんなふうに年を取ることができれば、年を取ることを恐れる必要はないかもしれないと思う時がある。

「ハルママはね、笙子さんの所に行ったのよ、急なご用ができて」

笙子のことをユリに向かっていう時、この家の大人達は誰もが、笙子さんといい、叔母さんとはいわない。四歳の子の母親となった今でも、彼女はまだ少女のような印象を失ってはいないままなので、誰もが叔母さんというのをためらってしまうのだ。

笙子さん、といわれても、ユリにとって笙子はそれほど馴染みがある存在ではない。二人がこれまで会ったのは数えるほどしかない。笙子は滅多に実家であるこの家にくることはないし、逆に、笙子のマンションにユリが連れられていくのも余程のことがあってのことだ。恵一はユリにとってたった一人のいとこで、しかも同じ年齢なので、できたら幼い時から親しくさせておきたいと、直美は願っており、そのためには笙子親子との間でもっと頻繁に行き来をしたいのだが、肝心の恵一はほとんど伸の実家に預けられているらしい。伸の弟夫婦には子供がいない。そのためか、彼らが恵一を我が子のように可愛がって離したがらないせいもあるが、母親である笙子が度々、育児放棄のような症状に陥るので、彼女の手元に置いておくのも危ないのだと、直美は春加から聞いたことがある。

「それでね、ハルママはミートパイをこうして作りかけたまま、行っちゃったの。だから、続きをママがしようと思うのよ。うまくいくかしら」

「大丈夫よ、ママはなんでも上手だから」

「ほめてもらってありがとう。そうね、ミートをここに詰めて、上に生地を被せて、フォークの先でガス抜きをして、それからオーブンに入れれば、後は焼けるのを待てばいいだけだものね」

夕食は焼き立てのミートパイにしようと、直美はエプロンの紐を結びながら決めた。春加や修二がどうなるのかわからない状態で、食事の支度をする気にはとうていなれない。最悪の場合、直美も呼び出されることだってあるだろう。ユリには絶対に外に出てはいけないといいきかせた。ユリは頷くとリビングのソファに上り、買ってもらったばかりの絵本を見はじめた。直美はいつ電話がかかってくるか気が気ではない。パイ作りの合間合間にリビングに行っては壁の時計の針を確かめた。

ふと、気づくと、ユリが絵本を手にしたまま寝入っている。ユリの部屋からタオルケットを持ってきて、体にかけてやると、直美もその傍にすわりこんだ。そしていつの間にか眠ってしまっていた。

いつまでそうやっていたか、一瞬、寒けのようなものを覚えて、直美が眼を覚ましたちょうどその時、電話が鳴った。とっさに時計に目をやると、もう八時に近い。電話はやはり春加からだった。伸が心筋梗塞で倒れ、病院に運ばれたが意識が戻らないまま、つい今しがた亡くなったこと、通夜は明日だが、笙子が心配で今晩は帰れない等と春加はいい、すぐに電話を切ろうとする。直美はあわてて、「修二さんは？」と訊ねた。

「そちらにいるんですか？　連絡はついてるんですか？」

「つい、さっき連絡がついたところ、もうすぐくるでしょう」

「私は行かなくてもいいんですか」

「今のところ、貴女はいいわ、ユリもいることだし。何もかもあちらのお家が取り仕切ってくださってるから、実のところ私と笙子はマンションにいて、何もすることがないの。貴女には喪服の準備をしてもらうくらいしかないのよ」

ユリが目を覚ましてもぞもぞと動いているのを目の端で捉えながら、何かあったら電話をくださいといって受話器を戻した。

ソファのユリの傍に腰を下ろした直美の膝の上に、ユリが乗ってきた。

「ハルママからの電話？」

「笙子さんのだんな様が亡くなったって」

目を丸くして見せたが、ユリは何もいわない。ユリの年齢ではまだ人の死は理解の外にあるのだろう。ただ、やはり、何か大変なできごとが起きたのだということだけは分かったらしく、膝の上でおとなしく身じろぎもしない。

その頭を直美はゆっくりと幾度も撫でながら、まだ、少女といってもいいような笙子が流産を経験し、母親となり、そして今未亡人となったという現実を受け止めかね、いつまでも同じ動作を繰り返していた。

その夜、修二は十二時を過ぎて帰ってきた。暗い表情をしている。

衣服を脱ぎながら、「あいつの人生はいったいどうなってるんだ」と、眉間に皺を寄せていった。

「ほんとにお気の毒で、どういっていいか」

「何もいわなくていいさ。いったからってどうなるものじゃない」

修二は荒れている。笙子の身の上に起こった理不尽さに憤っている。その憤りの持って行き場がないのだ。直美は黙ったまま修二の着替えを手伝うしかない。

通夜と葬儀の場で見る笙子の面からは全く感情というものが、伝わってこなかった。何が彼女の身に起こっているのか、それも分かっていないようだ。誰れかれから指図されるままに、操り人形のように動き、座ったり、立ったりした。踝までずっぽり覆われた喪服は彼女の体型をすっかり隠してはいるが、覗いている首筋や手首の透き通った白いか細さがかえって、彼女の痛々しいほど華奢な容姿を際立たせているようだ。

隣県に住んでいる春加の妹の足立京子が葬儀に出て、その夜は修二の家に一泊することになった。京子の他に、笙子側の親族として出席した者も数名いたが、笙子や春加とはごく近しい者に限ったし、距離的にも遠方の者には知らせなかった。精進落とし的な食事の案内も、笙子側の親族には一切なかったので、彼らは葬儀がおわるとそのまま帰っていった。京子も無理をすれば日帰りができたが、久しぶりに春加と話をしたいというので、泊まることにしたのだ。

京子は律儀に絽の喪服を着ていた。

「代々続いている老舗のお葬式だから、ちゃんとした喪服じゃないといけないと思って、暑いのを我慢して着てきたのよ。でも、春加姉さんも洋服だったわね。私も洋服にすればよかった。まあ、春加姉さんは私と違ってスタイルがいいから、洋服の方が似合ってると思うわ」

京子は帯を解き、長着、長襦袢と順に脱ぎ捨てていく。

「向こうさまも洋服の方が多かったですね。でもやっぱり和服は格調があって、何かこう儀式の時の緊張感というものがぴーんと伝わってくる気がしますね」

「あちらのお母さんはさすがに着物だったけど、笙子ちゃんは洋服だったね」

「笙子さんのあの細い体では帯は無理でしょう。気絶してしまいそう」

「もともと細い体だったけど、また一回り細くなったみたいね。あの体でよく子供が産めたものね。この先、ちゃんと育てていけるのかしら」

「それは、何といっても母親ですから。それに、あちらはご両親も健在だし、弟さんご夫婦が普段から、恵一君のこと、随分可愛がってくださってますし、笙子さんもその点は随分助かるんじゃないでしょうか」

「それはそうかもしれないけど、でも、伸って男も身勝手だよね、娘みたいな教え子を好きだからって嫁にして、子供を産ませて、あげく、親子ともども置き去りなんだから。まあ、突然死みたいなものだから仕方ないけど、でも残された方はこれから先ほんと辛いわよ」

京子はボストンバッグから取り出した藍染の木綿のワンピースに着替えると、「どっこいしょ」といいながら、リビングのソファに腰を下ろした。春加が「どっこいしょ」なんかいうのを、直美はこれまで聞いたことがない。姉妹でもこんなにちがうんだとおかしさをこらえながら、直美は京子が脱ぎ捨てた長着や長襦袢の類をハンガーに掛け、風通しのよさそうな客間の鴨居に下げた。

「今、お茶を入れますから」と、京子に声をかけると、京子はソファの肘掛けに両足を載せ、もう一方の肘掛けには頭を置き、目を天井の一点に向けたまま、じっと何事か考えこんでいるようすだ。

春加ならこんなお行儀の悪さを見せることがないと、またしても直美はおかしさをこらえながら、

「お疲れになったでしょう、少しお休みになった方がいいですよ。何か上にかける物を持ってきましょう」

と、行こうとするのを、京子は「いいの、いいの」と手を振って止めた。

「いいのよ、私ね、お昼寝をすると夜が眠れなくなるから、それでどんなに疲れてても、お昼寝だけはしないことにしてるの」

「そうですか、じゃあ、今お茶を入れてきますから」

直美は、台所に行く前に、ユリのようすを見るために子供部屋に行った。ユリは直美からいつも外から帰ったらすぐに着替えをするようにといわれている通り、白いレースのワンピースからTシャツとキュロットの普段着に着替え、ベッドの上で壁に上体をもたせたまま寝入っていた。膝の上には開いたままの絵本が載っている。直美はユリの体を横にし、タオルケットをかけてやりながら、ユリと同じ年の笙子の子のことを思った。この幼さで父親をなくし、頼るべき母親はいかにも儚げで心もとない。しかもその母親は父親の家族からは疎んじられている。

この母子がこの先どういう生き方を強いられるのかと、直美は暗澹とした思いで、ユリのふっくらとした桜色の頬にそっと唇を当てた。寝入りばなの子の頬は熱い、その熱さを心地よいものに感じながら、「恵一君や笙子さんには悪いけど、あなたがパパに置き去りにされたのでなくてほんとによかった」と呟いた。

紅茶の用意をしてリビングに戻ると、京子はそれまでの姿勢のままぽつねんと相変わらず天井に目を向けている。直美が紅茶をカップに注ぎ、「どうぞ」とすすめると、ようやく体を起こした。

「美味しい。疲れがどこかへ飛んでいきそう」

「お母さまほどうまくは入れられませんけど」

「ううん、直美さんもとても上手、色もきれいだし香りも素敵よ」

暫くの間、京子は黙ってカップを口に運んでいたが、不意にカップを受け皿に戻すと、

「大丈夫かしら、笙子ちゃん、この家に戻されてくるんじゃないかしら」

「えっ?」

突然のことで、直美は一瞬言葉を失ったが、

「まさか、笙子さんは恵一君という伸さんの忘れ形見の母親ですから」

京子がいったことは、しかし、直美の胸中にあるかすかな不安とも重なっていた。

「もともと笙子ちゃんは嫁として認められてなかったんだし、恵一って子も伸さんの実家で面倒をみてもらうことが多いっていうじゃない。恵一くんだけ取り上げて、笙子ちゃんにはどうぞお引き取りくださいって寸法になると思うよ」

「そうでしょうか」

「まあ、そうなったらお金だけはたくさん貰うことよ。子供を渡すんだから慰謝料の分も含めて。笙子ちゃんは体が弱くってとても働けないんだから、生活費は一生困らないだけのものをね」

「子供を渡すなんて、笙子さん、とてもそんなことなさらないでしょう」

「でもね、子供にとっては、あちらさんに育ててもらった方が幸せかもしれないわよ、笙子ちゃん、病気が起こると子供に全然かまわなくなるって、いつか春加姉さんがこぼしてた」

今、ここで軽々しく話題にできるような問題ではないと思いながら、直美は黙っている。

「もともと笙子ちゃんはそんなに体が弱かったわけじゃないのよ。だから、お姉さんも安心して兄妹を母親に預けて外国に行ったのよ。でもね、母にしたら自分が預かった孫を甘やかしてそれでとんでもない娘に育ったら、お姉さんに申し訳ないという気持ちがあったんだろうね、女の子だからって、特に必要以上に笙子ちゃんに厳しくして、それであの娘は自分で何にも考えられない、何にもできない娘になってしまって、おまけに体まで弱くなってしまって、修二さんはそんなおばあちゃんが憎くて、それで必死で笙子ちゃんを庇ってたの。自分が妹を守らないと誰が守ってくれるかって気があったのよ」

「それで、笙子さんは修二さんをとても頼りにしてらっしゃるんですね」

それから京子は深い溜め息を一つつくと、続けた。

「春加姉さんの連れ合い、つまり修二さん達のお父さんだけど、現地で亡くなって、春加姉さんが帰ってきたのはいいけど、それでほっとしたのかおばあちゃん、つまり私達の母のことだけど、亡くなって、胃ガンだったのよ。多分、笙子ちゃんがあんな風な子になっていくのでそれでストレスがたまったんだと私は思ってるけど、でも、これは春加姉さんには内緒よ、いわないでね」

もちろんですというように、直美は頷いてみせる。

「笙子ちゃん親子のこれから先のことが心配で、お姉さんの頭の中はいっぱいだろうから」

「笙子さんの結婚が早すぎたって、修二さんがいってましたけど」

直美は何気なくいった積りだったが、思いがけない返答にあって息を止めた。

「それは、あんな噂が立てば、お姉さんだって早く結婚させざるを得なかったでしょうよ」

「噂？」

京子は怪訝そうに直美を見た。その目が「知らなかったの？」といっている。直美は思わずごくりと唾を飲み込んだ。

「あんな噂って?」

「あ、噂って大したことじゃないのよ、だから、直美さんは気にしなくてもいいの」

京子はいい繕ったが、いかにもという感じが一層、直美の猜疑心をあおった。

「聞かせてください、だって、私には聞く権利がありそう」

京子は首を横に振って見せた。

「私の口からはいえないわ、それに噂に過ぎないの、たんなる噂、噂って無責任だから」

それから両手を目の前にかざして大きく振った。

「もう、この話はなしよ、ああ、疲れた、少し休ませて」

京子は有無をいわせないとばかりに、また両足をソファの肘掛けに載せ、頭をもう一つのひじ掛けに置くと両目を瞑ってしまった。

その噂の内容を是非聞き出したいと直美は思ったが、これ以上こだわると、京子の機嫌を損ねることは確かなようだ。それで、あえて、京子に問いただすことは止めようと自分にいいきかせたが、体内のどこか深い底から、得体の知れない恐怖に似た感情がじわっと沸き起こってくる。その感情に身を任せていると、体中が震えてきそうで、直美はあわてて立ち上がった。カップの類を片付けはじめると、それらが触れ合ってかちかちと小さな音をたてる。やっぱり震えているのだ、落ちつきなさい、と自分にいい聞かせる。噂というだけで何の噂かわかったわけではない。ただ自分が妄想しているだけなのだ。妄想の虜になってはいけない。

その時、電話が鳴った。直美はそれでようやく気を取り直した。電話は春加からで、今日は帰れそうにないから、京子のことをよろしく頼むという。代わりましょうかといい、それを聞いていた京子がすぐ立ってきたので、受話器を渡した。その場を京子にまかせて、直美は茶器を載せた盆を台所にひいていった。夕食を作る気をすっかりなくしてしまったが、しかし、春加から京子の世話を頼むといわれた以上、何か準備しないといけない。そう思いなおして、リビングに戻った。

「お夕食、何かご希望がありますか?」

「わざわざ拵えることないわよ、お寿司でもとったらどうかしら、上握り、私が御馳走するわ」

「お客様にお金を出していただくなんて、そんなことしたら叱られますわ。でも、精進じゃなくていいんでしょうか、上握りは私も大賛成ですけど」

「今時、そんなこと気にする人はいないわよ、まあ、あちら様は旧家だからちゃんと精進なさるでしょうけど。でも、この家には亡くなった方と血が繋がってる者は誰もいないからちっとも構わないわよ」

春加は帰らないといったが、修二のことは聞いていない、遅く帰ってきた時のことを考えて、握りを三人前とも思ったが、この季節では危ないので、握りを二人前と穴子の押し鮨を二人前とることにした。修二は一人前では足りないかもしれないし、京子も足りない時には押し鮨を食べて貰えばいいからだ。ユリには冷凍していたミートパイを焼いてやった。

ユリはパイはいつもだとフォークに突き刺して食べるのだが、お客さまの手前だからというのだろう、皿の上のパイとナイフとフォークを使って戦っている。そのようすを見ながら、京子が、

「それ、春加姉さんが拵えたミートパイでしょう。昔、よく食べた。懐かしいわ」

といった。

「召し上がってみます？　実はこれを作っていらっしゃる時に笙子さんから電話があって、それで、後は私が続けてやったので、味は少し落ちるかもしれません。それに冷凍してたし。でも、あらかたはお母さまが作られたものですから、きっと美味しいと思います」

直美は京子と自分用にもと二片のパイをオーブンに入れた。

ユリの皿の上からパイが飛び出し、床に落ちた。ユリは拗ねたように、ナイフとフォークをテーブルの上に投げ出した。

「もう、私、食べたくない」

ユリは昼寝が十分じゃなかったのか機嫌が悪い。直美は床の上のパイを拾い上げた。丁度焼き上がった二片のうち一枚を京子に、残りをユリの皿に載せた。

「さ、これをお上がりなさい」

ユリはしかし、下を向き両手を膝に置いたままだ。

京子は自分に供されたパイを一口食べて見せると、ことさら大げさな表情を作り、

「ああ、美味しい、こんな美味しいパイが食べられるなんて、とても幸せ」

といいながら、ユリの前のパイの皿を食べやすいようにとばかりに、ユリの胸近くに押しやった。優しくされたことでかえって意地になったのだろう、ユリは「要らない、欲しくない」とほとんど叫ぶようにいうと、両手で目の前の皿を撥ね除けた。今度はパイだけでなく、皿まで床に転がり落ちた。その皿は春加がイギリスから持ち帰ってきたセットものの一枚で、日頃から大切にしているものだった。そのことを知っているユリは一層心を乱してしまったらしく、声を上げて泣きだした。

「泣かないでいいの、割れてないから」

直美自身、皿が割れていないことにほっとしながら、一方、京子の手前もあって何とかこの場を穏やかに収めたかった。しかし、ユリの興奮は簡単にはおさまりそうにない。京子との語らい以来引きずっている直美の心の揺れを、ユリは敏感に感じ取っているのかもしれない。そ

のことに気づいた直美は居たたまれない思いをユリにぶつけてしまった。

「いい加減になさい、もうここにいなくていいから、自分の部屋に行きなさい」

ユリの手を取ると、無理に椅子から下ろし、食堂から追い出そうとした。その手を京子が止めた。

「駄目、子供を叱っては駄目。ユリちゃんも今日はいろいろあって疲れてるのよ。大人だって疲れてるんだから、子供はもっとよ。それにお葬式が終わって帰ってきてからずっと眠ってて、何も食べてないんでしょう。お腹だって空いてるはずよ、子供をお腹をすかせたままにするのはよくないわ。さあ、ユリちゃん、おばさんとこのパイを半分ずつ食べましょう。そして、もう一枚、ママに焼いてもらいましょうね、それからこの穴子のお寿司もおいしいから、食べてみてね」

京子はユリの椅子を自分の椅子にぴたりと付けると、ユリをもう一度そこに座らせ、パイを半分に切って、紙ナプキンで端をくるみ、ユリの手に握らせた。京子がいったように、ユリは空腹だったのだろう、素直に受け取るとすぐに食べ始めた。直美はまた、一片のパイをオーブンに入れた。

「すみません、躾けができてなくて」

「子供は叱っては駄目、これが私の持論なの。二人の子を育てたけど、間違ってなかったと思う」

　春加なら、こんな場合、ユリがナイフとフォークを投げ出した時点で、子供部屋に追いやっただろう。春加はユリの躾けには厳しい。それでよく修二といい合いになる。

「ユリはまだ小さいんです。いいとか悪いとかの判断はつかないんです」

「小さいうちから躾けないと、礼儀作法は身につかないんです。理屈がわからないから体で覚えて、それで身につくんです」

「ここはイギリスじゃないんです」

「イギリスとか日本とかは関係ありません」

「でも、僕はともかく、笙子が小さい時、あなたは僕らの傍にいなかった。躾けてはくれませんでしたよ」

　大抵、この辺りで、春加が口をつぐみ、いさかいは終わる。直美はいつもはらはらしながら二人のやりとりを聞いている。修二はよく、「ここはイギリスじゃないんです」と皮肉っぽくいう。春加がその言葉を嫌うというのが分かっていていう。幼い子供達を置いて、イギリスに行った、そのことで非難されるのは春加にとっては辛いことであろうし、弁解をしてはいけないという気持ちもあるだろう。修二にしても、いいたくない言葉を、ことユリのことになると、いってしまう、多分、ユリが春加から叱られる時、修二の脳裏には笙子が祖母から叱られていた時の情景が浮かぶからかもしれない。それは、兄としてどうしてやりようもない悲しい情景だったにちがいない。

その夜は、修二も帰宅しなかった。京子は翌日、結局、春加に会わないまま帰っていった。

春加と修二が笙子を連れて帰宅したのは、夜になってからだった。笙子は発熱していた。客間に布団を敷き、そこに笙子を寝かせた。春加もその隣に寝ることになった。直美はユリが熱を出した時の用心に、買い置きしている熱冷まし用のシートを笙子の額に当ててやった。

「お医者さまに診せなくてもいいのですか」

と、直美は心配するが、春加はそれほど気にしているふうではない。

「何かことがあると、いつも熱を出すのよ」

笙子の掛かりつけの医師から処方してもらっているという、睡眠薬を笙子に飲ませながら、

「これ、笙子の常備薬なのよ、早くこの薬からさよならができるといいんだけど」

それから春加は直美の方を向き、丁寧に頭を下げた。

「ごめんなさいね、黙って笙子を連れてきて。しばらくお世話になりますが、よろしくお願い致します」

直美は慌てて座り直した。

「いえ、ここは笙子さんのお家でもあるんですから、そんな他人行儀なことおっしゃらない

でください」

「もう、ここは笙子の家じゃありません、一旦、嫁にいったんですから。ここは修二とあなたとユリちゃんの家です。まあ、私は死ぬまでは住まわせてもらえるかもしれないけど。でも、あのマンションに笙子一人置いておくわけにはいかないし、善後策を考える間、しばらくは厄介にならないと」

春加の口から、恵一の名が一度も出ないことが気になる。直美はぐったりと死んだように横たわっている笙子の顔を覗きこんだ。もう薬が効いて眠っているのか、しっかりと瞑った両の眼の端にうっすらと涙が滲んでいる。薄幸という言葉がふっと直美の脳裏を掠めた。

「恵一君はどうなるんですの?」

「もう、眠ったみたい、眠るのが一番の薬なのよ」

春加が直美を促すように立ち上がった。

「あっちに行きましょう。恵一のことも相談に乗ってください」

リビングに移ると、修二がいて、新聞を読んでいた。今朝から初めてゆっくりと腰を下ろしたというところらしい。

「笙子は眠りましたよ」

春加がいい、修二がほっとしたように頷いた。直美がお茶を入れてきますと、台所に行こうとするのを、修二が止めた。

「もう、お茶はいいよ、浴びるほど飲まされたよ。それより、君もそこに座ってくれないか」

と、彼の前の椅子を指さした。

春加が笑いながら、

「修二さんは今日は朝からずっとあちらにお邪魔してて、それで上等のお茶ばかり出されて、気分が悪くなったんですって」

「お茶問屋さんですから、随分、いいものだったんでしょうね」

と、直美も笑いながら応じた。

「私も笙子のマンションで特にやることないから、あちらからの頂き物のお茶が山ほどあるので、がぶがぶ飲んでましたよ。それで修二と同じで少し気分が悪いの、あまり上等のお茶は飲み過ぎると、胃にこたえるみたいね」

「それで」と、春加は急に改まった口調になった。

「あちらさまと修二の間で、いろいろ笙子と恵一君のことで話しあってもらいました。その結果を修二さん、あなたから直美さんに話してあげてください」

「ああ」と、修二はいったが、言葉がすぐに出てこない。笙子のためには決していい結果にはならなかったのだろう。

「結論をいうと、向こうは伸さんが亡くなった以上、笙子との関わりは一切無くなったことにしたいということだ。恵一君は弟夫婦が養子にして面倒を見る、とこういうことになった」

直美は唖然とした。

「そんな馬鹿な、笙子さんは恵一君の実の母じゃありませんか。伸さんが亡くなったからって、そんな身勝手な。笙子さんと伸さんは正式なご夫婦だったんですよ」

直美は自分が激昂しているのがわかる。しかし、抑えることができない。

「母親と子供を引き離すなんて、そんな馬鹿げた話を承知なさったんですか」

矛先を向けられた修二はしかし、落ちついている。

「直美のいうことは正しいよ、一般論としてはね。常識的に考えれば当然そうなる。しかし、常識からは考えられない場合がある。笙子を一人の子の母親として見た時、どうだろう。どう贔屓目に見ても、笙子は母親失格なんだよ。恵一君が誰に育てられるのが一番いいか、そこに出発点を置かないといけないんだよ。そうすると、答えは自ずと出てくる。笙子に恵一君は育てられない」

修二は笙子のことを母親失格だという。しかし、母親失格という言葉はその内容を伴っては、存在しないと、直美は思う。春加にならそれは分かってもらえると、直美は春加の方を見たが、彼女は微かに微笑みを返してよこしただけだった。

春加と修二が納得して決めたことだ。あれこれ文句をいえる直美の立場ではない。

この時、直美は京子が「子供を渡す代わりに慰謝料をうんともらうことね」といっていたことを思い出した。それで、京子の言葉そのままを、二人に伝えた。

「うん、そこだよ、夫に死なれた笙子がこの先、一人で生活していかなければいけないからね、それ相当の物が頂きたいと、申し入れたさ」

修二はそこで苦笑いのようなものを面に浮かべた。

「もともと二人の結婚には反対だし、笙子を伸の嫁とは認めていなかった、勝手に妻の座に納まったあげく、夫に死なれました、子供は育てられませんのでお渡ししますから、お金をくださいというのは、受け入れられないと、こういうことだった」

「じゃあ、恵一君はお渡ししません、こちらで育てますっていったらどうなるんです。あちらは恵一君がどうしても欲しいんでしょう」

「敵もさるもの、いや、敵なんていったら失礼だね、先方は笙子が恵一君を育てられないということをちゃんと見越してるんだ。だから、一歩も引こうとはしない。恵一君の今後の養育にどの位の費用がかかると思いますかと、くるんだよ。それを全部みるんです、その上、慰謝料が払えますかと、こういう理屈なんだ。慰謝料なんかじゃなくて、生活費なんだけどね」

「それで、結局物別れになったんですか」

「僕も笙子の将来が心配だから、随分がんばったさ。しかし、だんだん、笙子が可哀相になってね、笙子にこれこれの金をつけてくれたら引き取りますと、こういってるのと同じだと思うと、辛くなって、それでもういいですと話をうち切ったわけさ。なあに、笙子の一人くらい食わせられないことはないし、それに大した額じゃないが、父が残した遺産だってあるし、ま、それで直美にもこれからよろしくお願いしたいと、母とも話したことなんだ。よろしく頼むよ」

それから、修二はこの話はもうこれで終りだというように、「風呂に入って寝るよ」というと、リビングを出ていった。

「私も笙子を見てこないと」

と春加も立ち上がった。その足で直美の傍まで来ると、

「笙子に子育てをさせるのは酷よ。そう私は思うの」

と、囁くようにいい、それに対して直美が何かいうのを遮るように軽く手をあげ、そのまま背を向けると、足早に出ていった。

笙子の熱は、数日の間、引いたり上がったりを繰り返した。その間、彼女はほとんど伏したままだったが、気分がいい時は起きてきて春加達の会話に加わった。ユリを見る目が涙ぐんでいる時がある。恵一とは同じ歳なので、辛いのかもしれないと、直美はユリをあまり笙子に近

づけない方がいいかもしれないと、気づかったりもしたが、一方では、逆に、恵一の代わりの役をユリが受け持つことによって、それで笙子の気分が少しでも晴れるようになればいいと思ったりもするのだった。

ひと月も経つと、笙子はすっかり回復した。直美を手伝って台所に立つこともあった。春加と直美が庭の草取りをしていると、「なんだか、楽しそう」といって、自分も加わったりした。マンション暮らしではできない経験で、余程楽しいのか、子供のようにはしゃいで見せた。

修二も笙子のことが気がかりらしく、それまでと違って早く帰ってくる日が多くなった。それで、夕食を一家が揃って取ることが普通になった。そのことも笙子の回復を早めるのに役立ったかもしれない。笙子は修二と共にいられることが嬉しくて仕方がないらしい、丁度子犬が大好きな飼い主にじゃれつくような仕種で、修二にまとわりつくことがある。さすがに修二は、一定の距離を置いて笙子に接している。しかし、それは直美の手前であって、もし、直美という存在がなければ、二人はもっとおおっぴらに親しみあっているだろう。

それでも、たまに、笙子は熱を出すことがある。多分、恵一のことを思い出して辛くなったせいだろうと、春加と直美はこっそりと話したことだった。

笙子が時々、熱を出すという状況は、春加が相変わらず、笙子の横に自分の布団を敷いて寝るという行為を正当化する、恰好の理由になっている。

「まだ、やっぱり傍についてないと駄目のようね」

と、春加は直美におもねるようにいう。

「夫と子供の両方を一度になくしたわけですから、甘えさせてあげないと」

と、直美はさらっとかわす。この家の平穏は、しかし、春加がほとんど四六時中、笙子にべったりくっついているから保たれているかもしれないと思いながら。

秋の気配が漂いはじめた。春加が、「笙子と私は暫く海の家で過ごすことにしたの」と、突然いった。日曜日の朝で、五人がゆっくりと食事をとっていた。直美は驚いて修二を見た。修二も初めて聞いたらしく、知らないというように、直美に首を振って見せると、「どういうことですか」と、春加にいった。

海の家というのは、車で二時間ほど走らせたところの海辺に建っている、別荘と呼べるほどのものではないが、一軒の家のことだ。海釣りが趣味の春加の夫つまり修二と笙子の父が、定年後を過ごす予定で購入していたものだが、結局、彼はこの家で暮らすことがなかった。彼の死後、名義は春加に移され、夏場に時折家族で訪れることはあったが、ほとんど放置状態であった。春加と笙子がそこに暫く住むというのだ。

「あそこなら空気もいいし、笙子の体のためにもいいと思うの。笙子の気も晴れるでしょう」

「しかし、今からの季節、あそこはだんだんひと気が少なくなって、さびれていきますよ。

冬になればもっとひどいですよ。笙子の気が晴れるなんて逆で、きっと泣いてばかりいますよ」

「暫くの間といったでしょう。冬にはまだ間がありますから、冬になればまた考えますよ」

「それじゃあ、このままここにいらして、時々海の家に遊びにいらっしゃればいいじゃありませんか」

と、直美はいった。たしかに修二がいうように、冬の海の荒々しさには笙子の神経は耐えられないだろうという気がする。それも、春加と二人だけの生活ではなおさらだろう。

まだ、夏の名残があるうちにと春加はいって、三日後には笙子と二人で家を出て行ってしまった。海の家には一通りの生活用具は揃っているから、衣類くらいしか持っていく物はない。二人とも大きなボストンバッグに、当座必要な衣類や日用の雑貨の類を詰め込んで、ちょっとした旅行に行くといういでたちだ。この一年の間、海の家には一度も行っていないので、掃除が大変だろうからと、直美も一緒に行くつもりにしていたが、春加から断られた。

「掃除、洗濯、炊事、これからはなんでも笙子にやってもらいます。自分で何もかもできるようにしないと、人にばかり頼った生活は笙子のためにならないのよ。私が笙子をこの家から連れて出る一番の狙いはそこにあるのよ」

笙子は彼女の結婚以来、一度も行くことがなかった海の家なので、浮き浮きしている。ユリに、「遊びにいらっしゃい、一緒に貝を掘りましょう」などといっている。

その日から、家の中の空気が変わったことに直美は気づいた。春加は世にいう姑とは随分違っていた。嫁である直美との一線をきちんと守ってくれていた。直美の分野と思われる所には絶対といっていいほど入ってはこなかった。「この家の主婦は、直美さん、あなたよ、だからあなたのやりたいやり方でいいのよ」といつもいっていた。だから、直美はいちいち春加にお伺いをたてることなく、自分流に振る舞えた。直美も春加から、「元主婦として、私のことは私の好きにやらせてね」といわれ、その通り、春加のすることには一切干渉はしないように心がけてきた。二人の関係は、物分かりのいい姑であり、よくできた嫁であると信じてきた。これまで、修二と結婚したその時から、春加は常に直美の傍らにいた。共同生活者として春加を受け入れ、春加の存在を疎ましいと感じたことは一度もなかった。

しかし、春加がいなくなってみて、直美の傍に春加がいたという、ただそれだけのことが、どれほど直美の精神の負担になっていたかということを知らされ、彼女自身唖然としたほどだ。修二とユリとの親子三人だけの生活は何と穏やかで、平和なものであることか、直美は何ともいえない解放感に浸りながら、今の生活をしみじみとありがたいものに思うのだった。

そんな日は、しかし、一カ月しか続かなかった。

ユリを幼稚園に送って行った後、直美はふと、ミートパイを焼いてみようと思いついた。笙子が家にいる間、一度だけ笙子にせがまれて春加はパイを焼いたが、しばらくあの美味しい味から遠ざかっている。春加から直接教えて貰ってはいないから、彼女ほどうまく焼ける自信はないが、春加がいれば絶対自分から進んで焼く気にはなれなかったはずだ。春加の領分を侵してはいけないという、暗黙の嗜みが直美を縛っていたのだろう。その呪縛から、今や彼女は解き放たれている。浮き浮きと小麦粉を篩にかけ、卵を溶き、タマネギを刻んでいく。幼稚園にユリを迎えに行き、「今日のおやつはママ特製のミートパイよ」といい、ユリが「やったあ」といって喜ぶ顔が目に浮かんだ。

その時、笙子から電話がかかってきたのだ。電話のベルの音はいつもと同じはずなのに、不思議にその時の音は異様な響きで、直美の耳に突き刺さった。彼女は危うく溶き卵の入ったボールを取り落とすところだった。受話器の中から笙子のヒステリックな声が飛び出してきた。泣いているのか叫んでいるのか、何かいっているのだが聞き取れない。よく聞くと「お母さんが、お母さんが」といっている。

「お母さんがどうしたのか、ちゃんといって」と幾度も繰り返しているうちに、ようやく「お母さんが死んでる」という声に突き当たった。「電話を切ります。すぐ行きますから、それまでじっとしててくださいね」といい、すぐに、修二の会社に電話をかけた。営業職の修二は日中会社にいることは余りない。携帯電話にすればよかったと内心舌打ちしながら修二の名を告げると、すぐに修二が電話口に出た。ほっとしながら、彼にとにかく海の家に行ってくれるようにと伝えたが、それが終わると直美はその場に崩れ落ちそうになった。

気を取り直して、今度はユリの幼稚園に電話をかけ、急用ができたのでユリを迎えに行きますから、帰りの準備をお願いしますと頼んだ。

調理台の上の物を大急ぎで片付けながら、直美はつい三カ月ほど前、笙子から夫の死を知らせる電話がかかってきた日も、ミートパイを焼いていたことを思い出した。あの時は、春加の後を引き継いで、直美がパイを焼き上げたが、今は誰も直美の後を引き受けてくれる者がいない。恐らく、ここ何日かはこの家に戻って来られないだろうから、結局、このミートパイができ上がることはないだろう。

三人分の下着の替えをスーツケースに詰め、「どうしたの、どうしたの」と不安そうに幾度も訊ねてくるユリを宥めながら、直美が海の家に着くと、修二の車に並んで一台のパトカーが停まっていた。

警官が二人来ていて、一人はメジャーを手に家の内外を歩き回っている。もう一人は修二と何か話し合っている。海側に面したガラス戸の一枚が下に落ち、ガラスが庭の煉瓦敷の上に粉々に砕け散っていた。倒れ落ちたガラス戸の上に脚立が一台倒れ込んでいる。その部屋の片隅に笙子が、両膝を抱え込み、膝の間に頭を伏せてうずくまっていた。

肩が大きく震えている。直美は笙子の側に駆け寄ると、しっかりと両手で彼女を抱きしめた。

「大丈夫よ、私達がついてるから」

震えながら笙子が頷いているのが直美の膚を伝わって分かる。

「片付けられてもいいですよ」といって、警官は帰って行った。

「お母さまは？」

修二は首を横に振った。

秋の夕陽が穏やかに差しているが、戸を無くした部屋はやはり寒い。

「あっちの部屋に行こうか」と、修二がいい、「コーヒーでもいれましょうか」と直美がいい、みんなキッチンに移った。笙子もコーヒーでいいというので、コーヒーを三杯入れ、ユリには牛乳を温めてやった。白い液体をコップに注ぎながら、三カ月前のあの平和な朝の光景がまざまざと直美の脳裏に蘇ってきた。ユリがこぼした牛乳の白いヨットの帆のかたちも。

直美が椅子に掛けるのを待って、修二は口を開いた。

春加が脚立に上ってガラス拭きをしている最中に、発作を起こしてガラス戸に倒れかかったため、戸が外れ、ガラスが割れたこと。その時、笙子は浜辺を散歩中でこの家にはいなかった。ガラスが割れる音に驚いた隣家の主婦が飛んできて、庭に倒れている春加を見つけ、すぐに救急車の手配をしてくれた。春加は病院に運ばれた時すでに意識を失っており、間もなく息を引き取った。死因は倒れた時に受けた外傷やショック等ではなく、心筋梗塞だった。無人の家での死亡事故扱いにされたために、春加の遺体は病院の霊安室に置かれたままで、警察の許可がないと家には連れてこられない。多分、明日には返して貰えるだろう等と、できるだけ笙子に強い刺激をあたえないようにという配慮を滲ませながら、修二は言葉を選び選び直美に説明した。

窓の外にはもう夕闇が迫っている。笙子の体が大きく揺れた。疲れと緊張が極限にきたのか、目を瞑り寝入っている様子だ。

「寝かせよう」と修二はいいながら、軽々と笙子の体を抱き上げると寝室に運び、ベッドに横たえた。後からついてきた直美が、毛布をかけた。

「可哀相、次から次に頼りにする人に死なれて」

「全く、伸君もおふくろも同じ死因というから、いったいどういうことなんだろうね」

修二の手が伸び、笙子の額にかかった髪をかきあげた。それからはっとしたように引っ込めたその手を直美の肩に置くと、

「大事な話がある」と低くいった。

「ユリも寝かせましょう、少し早いけど。でもあの子も疲れてるし、今日はお昼寝もしてないから」

案の定、キッチンに戻ると、ユリは椅子の中で首を垂れて眠っていた。

直美はユリを抱えあげた。四歳の子の確かな重みが直美の両腕から両肩に伝わってくる。この重みは何物にも代えがたいものだと実感しながら、直美は一層強くユリを抱きしめると、階段をゆっくりと一段一段上っていった。

「大丈夫か」

と下から修二の声がした。その声と同時に、直美の背中を突き抜けて直美の胸で眠っているユリの体にまで届きそうなほどの、修二の熱い視線を感じて、直美は思わず足を止めた。修二が何か訴えているような気がして、振り向くと視線を下に向けた。しかし、そこにはもう修二の姿はなかった。

直美がリビングに戻ると、修二はそこにいた。直美に彼の前のソファに座るようにとうながしながら、

「ユリの母親が君でよかった」

という。とっさのことでその意味を解しかねて、

「え？　どういうことですの」

と問い返した。

「いや、他意はないよ。ユリは君のような母親がついているから、何の心配も要らないと、

思ったただけのことだよ」

あらたまっていうべきことでもないのにと、直美はいぶかりながら、修二の表情をうかがった。修二は直美の疑念を一瞬で消し去ってしまうような穏やかな笑みを浮かべて、直美の視線を受け止めた。

「大事なお話って何ですの？」

大事な話というのは、春加の葬儀のことだろうくらいに直美は軽く考えていたが、そうではなく、修二に転勤命令が出たというのだ。

昼間、直美が会社に電話した時に修二がいたのは、そういうわけだったのだ。

「シンガポールなの？」

「どうしてわかった？」

「勘よ。それでいつ？」

「こんなことになったから、多分、かなり猶予期間がもらえると思う。多分、今年いっぱいは行かなくてもいいだろう」

「笙子さんにはショックが又増えたわけね」

「暫くは黙っていようと思う、折りを見て僕から話すから」

それから、修二は春加の葬儀を話題にした。

彼は家族だけで、この海の家でやりたいという。

「おふくろはここを終の住処と決めていたと思う。葬式はここから出してやりたいんだ」

「ここでやるとしたら、交通の便の悪い所だから、あまり人にはお知らせできませんね」

「僕等の家族と後、京子叔母さんくらいでいいんじゃないか」

修二の母の葬儀だ、直美が異を唱えることはない。直美は、しかし、彼女の両親には来て貰った。葬儀はほんとに極内輪で行った。近くの葬儀社に頼んで、小さな祭壇を設けて貰い、葬儀社の紹介でやってきた若い僧侶が経をあげた。

修二は会社から二週間の休暇をとっていた。その期限が切れるという二日前に、彼は友人からヨットを借りてきた。彼は大学時代、ヨット部に属していたということを、直美は初めて知った。近くに海浜公園があり、その中にボートやヨットの係留所もあった。ヨットをそこに一時係留させてもらっているという。

「明日、みんなをヨットに乗せてやるぞ」と、修二は宣言し、ユリが歓声をあげた。

ヨットに乗るのは直美も笙子も初めてだ。二人で、明日、風があまり吹かないといいけどと、心配していると、

「ヨットは風がないと動かない、あまり強いと駄目だが、適度に吹いてくれないと」

と、横合いから修二が笑った。

笙子がどうなることかと、直美は随分心配したが、伸が亡くなった時に比べて余程平静だった。多分、修二が側についていてくれることで安心しているせいだろうし、また、笙子の身に異常な事態が次々に振りかかることで、ただ、過ぎていく日々に彼女自身を任せる以外にないと、彼女の内面の声が教えているのかもしれない。

シンガポール行きの日が決まったら、笙子はどうなるのか、時々、直美は心配になる。笙子はまだ聞かされていないらしい。笙子が知ったら、その時、彼女がどう反応するのか、直美はそれが気がかりなのだ。直美はユリと共に、修二について行くことになる。だが、初めて踏むことになる異国に、笙子を連れていって彼女の面倒をみる自信は直美にはない。それに、会社が社員の妹を、果して家族と見なすかどうかもわからないのだ。海の家に来て、直美は考えることが多くて、夜、眠れないことがある。

その夜も眠れないまま、昼間買っておいた料理本に目を通していると、つい寝そびれてしまった。時計を見ると針が午前二時を指そうとしている。修二と直美の間にユリが寝ている。二人ともぐっすり眠っているらしく、彼らの軽い寝息が聞こえている。直美は枕元のスタンドのスイッチを切った。一瞬にして漆黒の闇になり、今はもう聞き慣れた潮騒の音が、かすかに耳朶をくすぐる。

直美もようやく吸い込まれるように眠りに入った。

どの位の時間、直美は眠っていただろう、早く起きなさいという声が聞こえたような気がして、飛び起きた。カーテンの間から淡い光が差してきている。夜が明けはじめたのだ。時計を見ると、六時を少しまわっている。ユリの向こうに修二の姿はなかった。直美はパジャマを脱ぎ、昨夜着けていたワンピースの上からカーディガンを羽織った。

早く起きなさいと直美にいった同じ声が今度は、こっちへいらっしゃい、といっている。ユリを起こさないように気をつかいながら、扉を明け、階段を上ってテラスに出た。晩秋の明け方の冷気がカーディガンを通して、膚にしみ通ってくる。テラスの柵に凭れ、両腕を乗せて海の遠くに目をやった。鈍色と紅色を織り混ぜたような朝焼け雲が、薄く棚引き、水平線の際までそれは広がっていて、海面にも朝焼けの色は届いている。わずかに風が吹いており、小さな波が立ち、早朝の淡い光を当てられた波頭がちかちかと光って見える。

遠い沖、ほとんど水平線近くに一隻のヨットが浮かんでいた。三角の帆にも淡い光が反射して白く光っている。人影らしい黒い形が二つ見える。

直美の胃の腑の底からつき上げてきた悲鳴とも呻ともつかない異様な声が彼女の口唇から洩れ、彼女の体は全身が石の塑像となって柵にしがみついた。そしてそのままずるずるとへたりこんでいった。

「おおい」と、不意に直美の横で声があがった。

ユリがいつの間にか側に来ていて、遠い沖あいに向かって両手をあげて叫んでいる。

「おおい」

ヨットはだんだん小さくなっていく。それでも、ユリは「おおい」と叫び、両手を振りつづけている。

「聞こえないわよ、遠すぎて」と直美はユリの手を制した。

「もう、止めなさい、もう、間に合わない、とても遠くて」

その声は、ユリにではなく、直美自身に向けた呟きとなり、潮騒の中に呑み込まれていった。

メイ・ストーム

一九××年の秋、私は径文社という出版社から、「トルストイ辞典」の編纂依頼の話を持ち込まれた。径文社というのは、中堅の、主に翻訳物の文芸書を出している、硬派の出版社として知られているところで、私もこれまでに、トルストイの「戦争と平和」その他を数点、それにチェーホフやツルゲーネフ等の翻訳書もいくつか出してもらっている。

編集者の山村徹から、その話を聞いた時、私は「そんな面倒な仕事はしたくない」と断ったが、山村は「期限なしだから、暇な時にやってもらったらいい」と、呑気なことをいう。私は特定の職業に就いていない。ほとんどの時間を、自由に使える身だ。週に一日、二こまだけ、ある大学でロシア文学を講じているが、その他の時間は、大抵、好きなロシアの小説や文学関係の論文類を読んだり、訳したりしている。役所や企業からロシアの時事雑誌や新聞に掲載された記事の翻訳を頼まれたりもするし、趣味でやっている写真撮影で、月に幾日か旅行をしたりもしている。

大学から受け取る講師料、それにいくつかの翻訳書から入る印税、論文等の翻訳料、これらの収入は大した額にはならない。私には妻と二人の子供がいる。無論、これだけの収入で家族を養っていけるわけではないが、父から相続したかなりの資産がある。私が好きなことをし、家族を養っていけるのは、そのお陰だ。

「先生は高等遊民だから」

と、山村から揶揄されたことがある。

私は一瞬、不快な思いをした。

「そんな死語を、若い君がよく知ってるね」

「これでも編集者ですから」

「しかし、使い方を誤ってるんじゃないかな」

「大丈夫ですよ、ちゃんとした使い方をしてますから」

「その、大丈夫ですよというのもおかしいよ」

私より二十歳ほど若い山村はにやにやして動じない。私が本気で怒るとは思っていないからだ。私は親から譲り受けた資産で、他人から見れば、結構贅沢な生活を送っていることに、普段から、なにがしかの後ろめたさというか罪悪感のようなものを抱いている。多分、山村は私のそうした心理を見透かしている。

「しかし、トルストイ辞典とは少し大げさじゃないの。トルストイだけにしぼるんだろう。

一冊の辞書ができるほどの項目を作るのも大変な作業だし、それに、今時、彼を研究しようというような奇特な者はいないいんじゃないの。古過ぎるよ」

「いや、トルストイは偉大な作家だし、作品も多い。卒論に取り上げる学生も結構いますよ。古いとはいっても、シェークスピアと同じで、古くて新しい。トルストイのファンは絶えることはありませんから」

結局、私は締め切りなし、出来上がった時が期限だという、非常に寛大な条件で引き受けることにした。しかし、径文社は本気で「トルストイ辞典」を考えていたのではないと思う。多分、私が他の出版社と翻訳物で取り引きしないよう、つまり、私を径文社に囲いこむのが目的で、辞典の話を持ち込んだのだろう。

かといって、「トルストイ辞典」の企画が全くの見せかけであったとも思えない。

というのは、私が、「辞典の編集となると助手が必要になるが、紹介してもらえるだろうか」と、山村にいい、彼は「そうですね、探してみましょう」と答えたが、その時、私は山村の返事にそれほど期待したわけではなかった。もともと、それほどやりたい仕事ではない、そのうち助手が見つからないということで、この話はうやむやになってしまうのではないだろうか、それならそれで結構だと、そんなふうに考えていた。ところが、一月ほど経った頃、彼は、天見千秋と名乗る女性を、私の元に寄越したからだ。

天見千秋から見せられた履歴書によって、彼女は径文社に、人材派遣会社から派遣されている嘱託社員で、昭和××年生まれの三十五歳、××外国語大学のロシア語科を出ている等のことがわかった。

仕事机の傍に据えている来客用のソファに彼女を座らせ、

「コーヒー、飲みますか」

と訊ねると、彼女は控え目な感じで頷いた。

私は家では仕事ができない質だ。妻や子供たちが騒いでいるわけではないのに、同じ屋根の下にいると、彼らの体温を感じとって、家族に呪縛されているような気がして、仕事に向かう意欲を失ってしまう。そういうわけで、家から電車で六駅ほど先の町に、仕事場としてのマンションを借りている。家から少し遠いが、この町だと大学が近く、そこの図書館が利用できるので都合がいい。

毎週金曜日の午前中、掃除の人を頼んでいるし、私がここで飲み食いをするわけではないから、人が来ても困らない程度には片づいている。妻の今日子が「掃除くらい行ってあげますよ」といったが、家族の匂いから逃げるために仕事場を設けているのだから、今日子に来られては意味がないから、それは断った。

飲み食いはしないが、コーヒーだけは、ちゃんと豆から挽いて入れる。豆を挽く間の僅かな時間は私の至福の刻でもある。電動式のミルは使わない。二十年も前から使っている手挽きのミルは手放せない。真鍮のハンドルはまるで私の掌に同化したように、心地よく回り、ぐりっぐりっという音をたてながら、やや荒めの粉を、すっかりコーヒー色に染まってしまっている、樅の木でできた粉受けの箱に落としていく。この間、私の鼻腔をすっーと通り抜けていく香りに私は陶然として、今から取りかかる仕事に意欲を湧かすのだ。私が手間をかけるのはそこまでで、後はペーパーフィルターのお世話になるだけだ。湯も、水道水をわかしたポットのを使う。友人の中にはペーパーではなくネルでないと駄目だし、水もどこそこの水がいい等と講釈する者がいるが、私はそこまでする気はない。何事でもあまり拘わりすぎると、楽しむ前に疲れてしまうではないか。ほどほどに拘わるというのが、私の主義だと思っている。イージーな性格を正当化しようとしているだけかもしれないが。

カップは来客には、リチャード・ジノリを使うことにしている。これは、今日子の甥の結婚式の引出物に貰ったもので、今日子が仕事場で使うようにといって、このマンションを買った当初、持って来てくれたものだ。いつもなら来客にはそれで出し、自分用は、普段は有田の染め付けを使うのだが、この時は何故か私もリチャード・ジノリで飲みたくなった。黄色とブルーの果物の絵柄のカップが二つ並んだせいか、テーブルの上が何となく改まり、少し華やかで浮き立つような感じになった。

「それで、ロシア語なんかをどうして専攻したの」

と、私は型通りの質問から始めた。

千秋はどう答えたものか考えているのか、やや小首を傾げたまま暫く黙っていたが、

「祖父の影響でしょうか」

という。

「お祖父さんがロシア語関係のお仕事でもなさってたの」

「いえ、そうじゃなくて、ソ連に抑留されてまして、帰国してきてから片言のロシア語を時々、私に教えてくれてました。それでロシア語に対する違和感が最初からなくて、というよりむしろ、親しみみたいなものが私の身についていたようです」

「でも、ロシア語というのは中々就職先がないでしょう」

私は改めて千秋の履歴書に目をやった。

「はい」

千秋は素直に頷き、

「派遣社員のまま、ずるずると来てしまいました」

私は千秋の家族のことなども訊ねながら、それとなく彼女を観察している。三十五歳という年齢にはとても見えない。白い肌はみずみずしく、引き締まった頬の線には少しも弛みが見え

ない。口角が上がり気味の唇が彼女の表情をきりっと見せており、それに見合った切れ長の眼は艶やかだが、なんとなく翳りがあり、これは危険な眼だ。ほんの一瞬だったがぞくっとしたほどだ。

ダークブルーのしっかりした仕立てのスーツの衿もとから、カメオのブローチがのぞき、私が講義に行っている大学の女子学生には見られない、しっとりとした大人の女性の、ある種の色気がそこはかとなく滲み出ている。

千秋の両親は数年前、相次いで世を去っており、小学校の教員をしている二歳下の妹が一人いる、その妹も夫を早くに結核で亡くし、教員を続けながら、残された娘と二人で暮らしている。彼女達の住まいとは電車で数駅ほど隔てた所に、千秋は一人で住んでいることなどがわかった。

「どうして結婚しないの、君ほどの美人だったら、いくらでも相手がいただろうに」

つまらない質問をしている自分に内心あきれながら、私は、しかし、やはり訊ねないではいられなかった。千秋は多分、この問いにはもう辟易するほど付き合ってきたと思う。

「男の方は結婚相手には、やはり家庭的な女性を求めます。私が家庭的でないということは、すぐに分かることですから」

「しかし、見かけによらず家庭的な女性というのも、案外多いものだよ。君もひょっとしたらその口かもしれないのにね」

「さあ、どうでしょうか」

「妹さんの子供はいくつなの」

「十歳です。まだ小学生です」

「働きながら、女手一つで感心だね」

「産んだ以上は、何があっても育てないといけませんから」

彼女との面談は雑談に終始し、彼女の能力や思想、仕事に対する意欲といった、助手として勤めてもらうには重要な事柄を確かめることなく、終わってしまった。しかし、私には面談というものは初めての経験であり、何をどう尋ねていいのかわからなかった。また、適度に人生経験を積んだ三十代の女性と、一対一で話す場はこれまでなかったので、雑談にしろ、結構楽しい思いをした。それに、径文社で働きだして、もう十年以上になるということで、派遣社員をそれだけ長期で雇っているのであれば、そのことだけでも、千秋は信頼に値する人材なのだろう、そう考えた私は千秋に助手になってもらうことにした。

山村と相談の結果、千秋は径文社の仕事に差し支えがない程度で、私を手伝うことになった。千秋はだから、私の仕事場に三日続けて通ってきたかと思うと、十日も顔を見せないということもあった。しかし、そうした不定期な勤め方は、半年ほどで終わり、それからは毎日通ってくるようになった。私が径文社に要望したからだ。半年の間に、私は千秋の助けなしには仕事ができない状態になっていた。彼女の仕事ぶりはほとんど完璧といっていいほどだった。最初のうちこそ、山村と約束した通り、私もトルストイ辞典の編纂のためだけに、彼女に用を頼んでいたが、気がつくと別の事柄をずい分たくさんやってもらっていた。講演を頼まれることもあるが、テーマをいっておくと、それにぴったり合う資料がいつの間にか揃っているし、講演で使う配布資料やレジメも、先方と連絡して、人数分がちゃんと準備されている。

そうこうするうちに、千秋は人材派遣会社との契約を取り消し、径文社が準社員として雇用し私の専属担当にする、給与は私が八割負担する、ということで話がついた。

千秋は単に仕事の面だけで能力を発揮したわけではなかった。来客があると、私のやっていた通りに豆を挽いて、おいしいコーヒーを入れてだす。さりげない仕種は優美でさえある。気のおけない友人達は、

「素晴らしい助手を手に入れたね」

という。

「ああいう美女と二人切りでこんな密室状態の中にいると、変な気を起こすんじゃないか」

「いや、彼女にはそんな隙はないから」

と私がいうと、皆、一様に納得したように頷く。

「そうだね、ま、それが彼女の唯一の欠点か」

「うん、残念だがね」

「しかし、奥さんは気が気じゃないだろう」

「いや、妻はここには来ないから」

今日子は私が仕事場を持った最初の頃こそ、私が不自由をしていないか心配して、いろいろな日用品を持ってきたり、時には手作りの弁当を持ってきていたりしたが、すぐに、そういう行為が、仕事場での私には何の役にも立たないと察したらしく、すっかり見限られてしまっている。それに、私は仕事がたてこんだ時など、遅くなることはあるが、毎夜、必ず、家には帰るから、私が女のことで問題を起こす等、心配する必要は少しもないのだ。

千秋は週に一日は休みを取る。私はもう千秋の助けなしには仕事がはかどらなくなってしまっているので、私もその日は、大抵、仕事場には行かない。写真を撮りに行ったり、家でぶらぶらと過ごすことにしている。

千秋が休みをとったある日の午後、私はMデパートに行った。しばらく前から、眼鏡の度が合わなくなっていたので、レンズを取り替えることにしたからだ。今の眼鏡はこのデパートの眼鏡売り場で拵えたものだから、やはりレンズ替えもここがいいだろうと思ってのことだ。エスカレーターでずっと上がっていき、眼鏡売り場がある階で降りたら、そこに千秋がいた。女の子というよりは、もう少女といった方がいい一人を連れている。私も驚いたが、千秋も大きな目を一層大きく見開いて私を見つめた。

「や、驚いたよ、買物かい」

「ええ」と千秋は頷き、傍の少女の背を少し前に押し出すようにして、

「姪の珠子です。この春には中学生ですから、何かお祝いを買ってやろうと思いまして」

「そう、中学生か、それはおめでとう」

二人はもう買い物を済ませたのだろう、珠子はデパートの包装紙にくるまれた包みを、大切そうに抱えている。私は、珠子があまりに千秋によく似ていることにも、驚いていた。

「先生も何かお買物をされるためにいらしたんですか」

千秋は私を訝しげに見ている。中年の男が、一人でデパートにきたということが意外なのだろう。

「あ、いや、眼鏡の度が合わなくなったので、それで新しいのを」

「新しいのをお買いになるんですか」

千秋の声は控えめだが、少し弾んでいる。

「もし、よろしかったら、私にもお手伝いさせて頂けませんか」

「君が私の顔に合う縁を選んでくれるの？」

「もし、差し支えなかったらのことですが」

「いや、ありがたいよ、お願いしますよ」

私はレンズを交換するだけという、最初の計画をあっさり捨て、千秋と並んで眼鏡売り場に向かった。私の眼鏡の縁は鼈甲だったので、店員がこれを使わないと勿体ないといいだしたため、それはそれで、レンズを交換することにし、別に千秋が選んだチタンフレームのものを新しく購入した。その新しい眼鏡が仕上がる三日後までは、鼈甲の眼鏡をそのまま使うことにして、私たちは眼鏡売り場を後にしたが、小一時間ほどの間、珠子は売り場の隅の丸椅子に掛けたまま、ほとんど身じろぎもしない様子で私達の用向きが終わるのを待っていた。私は気の毒になって、

「夕食には少し早い時刻だが、こんなことにお付き合いさせてしまったお詫びと珠子さんの入学祝いというほどのこともないが、何か御馳走させてもらえないだろうか」

と、申し出た。

珠子は困惑気な表情を浮かべ、千秋の背後に隠れるようにする。千秋は珠子のそんな様子を少し眉をひそめて見ていたが、

「ありがとうございます、御馳走になりますわ」

といった。

私は珠子に何が食べたいかと訊ねるが、彼女ははにかんで何も答えない。それで、千秋にまかせることにした。千秋はてんぷらがいいという。

「君はてんぷらがいいかもしれないけど、珠子さんは、グラタンとかハンバーグとかそんな洋風の料理がある店の方がいいんじゃないの」

と、私がいうと、

「もう、中学生になるんですから、少しずつ大人の世界も知らせていかないと」

千秋は珠子のことを随分、気づかっているらしい。たった一人の姪、それも父親がいないというので、特別の情が働くのだろう。

私は行きつけのてんぷら屋に二人を連れていった。それなりに名前のある専門店で、時間も少し早めではあったが、結構な料金を取られるせいだろう、客の影はほとんどない。珠子にはカウンターよりもテーブル席がいいだろうと思い、奥の個室に案内してもらった。二人と向きあっていると、千秋と珠子が良く似ていることに改めて気づかされる。

「こうやって見てると、君たちはよく似てるね。まるで親子だ、そういわれるんじゃないの」

私は料理が運ばれてくるまでの間、適当な話題を思いつかないまま、つい口にしてしまったが、彼女たちにしたら、顔かたちのことを話題にされるのは、愉快なことではないだろうと思い、すぐに話題をかえようとしたが、千秋は気にするふうでもなく、答えをかえしてくれた。

「ええ、よくいわれます。珠子と二人でいると、知らない人から、お母さんそっくりねって。おばと姪はよく似るって一般にいわれてることですけど、私たちは特別よく似てるんでしょうね」

それなら、珠子は母親とは似ていないということなんだろうか。千秋の妹にはまだ会ったことはないが、どんな顔だちをしているのだろう。そんなどうでもいいような疑問がふっとわいてきたが、わざわざ口にすることでもない。

それから、私と千秋は仕事のことなどを簡単に打ち合わせたり、とりとめのないことを話し、千秋は珠子に食事中の作法めいたことを、厭味にならない程度に軽く教えたりして、食事をおえた。五時を少し回っていた。そろそろ出ようかというと、千秋は私にほんの少し待っていてもらいたいといい、珠子を連れて出て行った。支払いを済ませてカウンターの椅子に掛けて待っていると、千秋が一人で戻ってきた。

「珠子さんは」

と訊ねると、

「帰しました」

「帰しましたって、一人で大丈夫なの」

「バス停まで送りましたから。それにもう中学生ですよ、心配することありませんわ」

「しかし、最近は物騒じゃないか」

「それは夜遅くだったり、ひと気がない場所だったりの話で、まだ、明るいし、あの子の家はバスを降りたらすぐなんです」

私は立ち上がりながら、

「じゃあ、今からどうしよう」

「せっかくこんなところで先生とお会いできたんですから、もう少し先生と一緒にいたいんです」

「じゃあ、軽く一杯飲みにいくか」

千秋の大きな眼が頷いて見せた。

「そういえば、まだ、君とは一度も飲みに行ったことなかったね」

千秋の右腕がすっと、私の左の腕の下に、差し込まれてきた。

春の陽は落ちるのが遅い。その陽がすっかり落ちるまで、私達は商店街をぶらぶらした。私は千秋に何か欲しい物があったらいいなさい、お世話になってるお礼に買ってあげるからといい、千秋は欲しい物が有り過ぎるから、何がいいのか考えるのが面倒だと、そんなことをいう。

「遠慮しなくていいんだよ」

「遠慮なんかしてません。ほんとに欲しいものがいっぱいあって」

「欲張りなんだね」

「そうかもしれませんね、ええ、きっとそうなんでしょうね」

行きつけのクラブを二軒回り、その夜、私は初めて千秋と関係を持った。

それまで、私は妻を裏切ったことはなかった。

出迎えた今日子は、

「遅かったんですね」

といった。付き合いや仕事の関係で遅く帰ることはしばしばあった。そんな時、彼女はいつも「遅かったんですね」という。だから、その夜の彼女の「遅かったんですね」という言葉には他意はなかったと思う。しかし、私の胸にはずきんとくるものがあった。いつもは遅くなった理由がいえたのだが、この夜は、黙ったまま洗面所に行き、口を濯いだ。

翌日、いつもより一時間程遅く、仕事場に行った。何事もなかったかのように、いつもの時間に、千秋の前に現れる程、私は強靱な精神を持ち合わせていなかった。

ドアフォンを押すまでもなく、玄関の扉は簡単に開いた。

「鍵をちゃんと掛けてないと、不用心だよ」

「お早うございます」といいながら顔を見せた千秋に、私はことさら強い語調でいった。私は照れていたようだ。

「申し訳ありません。気をつけます」

千秋は普段と少しも変わった様子を見せない。いつものように、私の手から鞄を受け取ると、私について書斎に入り、それを机の脇に置き、私の側をすり抜けて出ていった。すぐに、キッチンからコーヒーミルの音がし始めた。私はキッチンに行き、

「コーヒーは後でいいから、ちょっときてくれないか」

と、千秋の背後から声を掛けた。手を止めた千秋は後ろ向きのまま頷いた。私は書斎の応接チェアに腰を下ろすと、電車の中で、仕事場に着いたら、千秋にすぐにいおうと考えていた言葉を、反芻した。千秋が書斎に入ってきて、私の前に立った。私は目の前のチェアを指して千秋を座らせた。

「ゆうべは申し訳なかった」

と、まず詫びた。千秋は顔を真っ直ぐに上げたまま黙っている。ひょっとしたら怒っているのではないかと思ったが、表情は穏やかだ。私はほっとしながら続けた。

「ゆうべのことは忘れてくれないか、悪い夢を見たと思って」

千秋はまだ何もいわないし、表情も変えない。

「私は妻を二度と裏切りたくないし、無論、家庭を壊す積もりはないということを、知って

おいてもらいたい。それに、君にも大変失礼な、申し訳ないことをしたわけで、二度とあんなことはしないと誓うので、許してもらいたいのだ」

千秋は最初の姿勢を崩さないし、表情も変えない。私は一瞬不安になった。やはり千秋は怒っているのだ、それを表情に出さないだけで、内心は私を許してないのだろう。もっと詫びなければと、姿勢を正した。千秋はそれをさえぎるように、

「よくわかっています。では、コーヒーを入れてまいります」

ともう立ち上がっていた。「ああ」と私は頷くのがせいいっぱいだった。何ということだ、これでは千秋にすっかり手玉にとられているといってもいいではないかと、不甲斐ない自分に対する腹立ちと苛立たしさで、その日は一日中落ち着かなかった。

千秋はというと、勤務時間と定められた時がくるまで、何事もなかったように平生と少しも変わった様子を見せなかった。そのことが私をいっそう苛立たせ、得体のしれない不安感を覚えさせた。

翌日もその翌日も、千秋の態度には少しの変化も現れない。ひょっとしたら、あの夜のことは、実際に起こったことではなく、私が見た夢の中での出来事ではなかったのかと、一瞬、妙な感覚に捉えられたりした。日を追って、その感覚は真実味を帯びてくるようだった。そんなはずはない。確かに私は千秋の白い、しっとりとした肌にこの手で触れた。その感触をはっき

りと私の手が覚えている。とても忘れられるものではない。しかし、一方では、潜在する私の欲望が、夢の中で叶えられたということで、それがあたかも現実にあったかのように意識されているのではないだろうか。

帰り支度を始めた千秋を、私は夕食に誘った。

「この間のてんぷら屋はどうだろう」

「はい、お供いたします」

「あの店のてんぷら、美味しいと思った？」

私は千秋の表情をうかがうようにいった。

「ええ、とても」

千秋の大きな瞳が私をまともに見返した。

この眼だ、危険な眼だ。私は思わず面をそむけた。

てんぷらを食べ、それからまた同じようにクラブで時間をつぶし、ホテルに行った。

千秋が助手になって三年目の暑い夏が過ぎ、涼風がたち始めた。この時には千秋はもうすっかり径文社とは縁が切れて、完全に私の使用人という身分だった。滅多にないことだったが、たまに、径文社からの依頼で、千秋は私とは無関係の仕事をさせられることがあった。私にはそれは不愉快なことだった。仮に、千秋が径文社の社員でなくなっても、「トルストイ辞典」

のことや他の翻訳書などの仕事もやってもらう以上は、千秋に支払う給与の二割は、径文社が受け持つといってくれたが、私は断った。そのことで、千秋が径文社に対して引け目を持つようなことがあってはならないと思ったからだ。私は千秋にいった。

「山村君にも、堂々といいたいことをいっていいんだよ。もう、君の上司でもなんでもないんだから」

千秋は笑顔で、

「今までも、私はいいたいことをいってきました」

「それはそうかもしれないが、心理的には違ったものがあるんじゃないの」

「そうですね、ありがとうございます」

と千秋は素直に礼をいってくれた。

私も素直に「よかった」といった。

暫く姿を見せていなかった山村がひょっこり現れた。

「例の方、ちゃんとやってくれてますか」

と、「トルストイ辞典」の進捗状況を訊ねてくる。

「やってるよ、しかし、いつまでにという条件はなかっただろう」

必要項目のチェックを少しずつ進めているところだと説明した。

「いいですよ、辞典ですから拙速は敵です」

千秋がコーヒーを入れてきた。私は彼女に写真のプリントを受け取りに行ってくるように
と、頼んでいたので、彼女はそのまま出て行った。

二口、三口コーヒーを飲んだ後、山村がいった。

「先生が入れたコーヒーとそっくりで、うまい」

「そりゃそうだろうよ、豆も水も同じだもの」

と、いいながら、私は山村がひょっとしたら私達の関係に勘づいたのではないかと、不安を
覚えていた。しかし、山村は別に思わせぶりなことはいわない。コーヒーを飲み終わると、

「実は今日はお知らせかたがた、お願いに上がったのですが」

と組んでいた膝を揃えた。顔つきまで改まっている。

「今年は径文社の創立五十周年にあたっておりまして、この秋、その祝賀の会を催すことに
なりまして」

「そうなの、それはおめでたいことだね、五十年か、よく頑張ったんだ」

私は口に運びかけたコーヒー碗を受け皿に戻すと、もう一度、

「おめでとう」

といった。

山村は軽く頭を下げ、「ありがとうございます」といったあと、すぐに続けた。

「それで、先生に是非、祝賀会にお出でいただきたいと」

「勿論、出させてもらうよ」

「奥様もご一緒にお出で頂くようにと、社長が申しておりますので」

「女房なんかより、千秋君の方がいいんじゃないの。だって、彼女はもともと径文社で働いてたんだから」

径文社から招かれるとしたら、妻よりは余程千秋の方がふさわしいと私は気楽に考えて、そういった。

しかし、山村が妻を伴うようにというのには、それなりの理由があるようだ。

祝賀会では特別功労者を表彰することになっており、私を入れて六名が選ばれているが、表彰式には夫婦揃って出席をお願いすることになっているという。

「記念撮影も致しますから」

「大げさなんだね」

「何しろ五十周年ですから」

「記念撮影となると、着ていくものも、ちゃんとしないといけないのかね、まさかモーニングに、妻は留め袖でなんてことはいわないでくれよ」

「あ、それはお気軽にお考えください。先生はダークスーツであれば結構ですし、奥様はドレスか訪問着程度、かと思いますが」

「訪問着か、女房からねだられるだろうな」

「先生の表彰には奥様の内助の功もあるのですから、訪問着の一着くらい、感謝の意味を込めて買って上げてください」

山村は勝手なことをいって帰っていった。

いつの間にか千秋は戻ってきていて、玄関で山村を見送る声が聞こえ、そのまま書斎に入ってくると、コーヒーカップを片付けはじめた。山村と私の会話を聞いていたのだろう、

「おめでとうございます」

という。

「ありがとう」

その時の私達の会話はただそれだけだった。しかし、後にとんでもない場面に発展することになった。

その夜、家に帰った私は今日子に表彰式の話をした。案の定、彼女は訪問着を新調するといい出した。山村がいっていたように、妻には確かに家のことはほとんど任せているので、私の仕事の何割かは妻の犠牲の上に成り立っている。私は素直にそのことを口にして、訪問着を新

調することを許した。

「わー、嬉しい、パパ大好き」

今日子は余程嬉しかったのだろう、私の首に抱きついてくる。大変なはしゃぎようだ。結婚して二十年以上になるが、今日子を喜ばせるようなことはあまりしてやっていないことに思いがいく。一般の主婦というのは家計のやりくりが大変だと聞いているが、今日子にはその心配をさせたことはない。直接、そのことをいったことはないが、それが潜在意識にあって、それ以上のことをしてやる必要はないと思いこんでいたらしい。着物の何枚かは私にいわずとも、勝手に作ることくらいはしていると思うが、私から買ってもらうというそのことが嬉しいのだろう。

「いい歳をして、止めないか」

私は首に巻きついている今日子の腕をはずしにかかった。

「いいじゃない」

今日子はかえって腕をしっかりと巻き付ける。その時、襖が開き、次男の伸夫が入ってきた。

「何してるの」

伸夫は顔をしかめている。

それを見て、今日子はあわてて私から離れた。

「お父様がおめでたい賞をいただくことになったの、それで」

「賞じゃないよ、表彰されるだけのことだよ」

「ふーん」と伸夫はさして興味を示さない。そのまますっと出ていってしまった。

「男の子って、愛想がないのね」

「伸夫はいくつになったんだっけ」

「十七かしら、高三だから」

「そうか、来年は受験か」

「そうですよ、貴方も呑気ね、来年は受験かですって」

「すまん、何もかも君に任せてしまってるね。それで、何処を受ける積もりなの？」

「さあ、何も私には相談しないから。でも、多分、文系ではないと思いますよ、理系がいいっていってました。父親を尊敬してないのかしら」

今日子はふふと笑ってみせた。

「十七というのはむずかしい年齢だからね」

伸夫の進学のことは後で、本人にきいてみようといいながら、長男の勇夫の大学受験についてては、もっと関心があったと思っていた。次男のことになると、既に長男で経験したことの後追いなので、真剣さの度合いが薄くなるのだろうか、それとも、煩わしかった記憶が蘇ってきて、それを避けたいという思いが無意識のうちに働いているのだろうか、これも老いの兆しかもしれない。私の中をふっと暗いものが通りすぎていった。

それから二週間ほど経って、仕事場に径文社の創立五十周年記念祝賀会の案内状が届いた。山村の手書きのメモが中に入っていて、それには、私に「表彰者を代表して挨拶をお願いします」とある。祝賀会が近まり、挨拶文の下書きをいくつか書いてみたが、なかなかこれはというものができ上がらない。それで、千秋に頼んでみた。彼女は「わかりました」とあっさりと引き受けてくれ、二日後には、完璧といっていいほどの文を書いて見せてくれた。

「このまま、読み上げてもいいくらいだね」

「じゃ、そうなさったら」

千秋は吐き捨てるようにいうと、すっと書斎を出ていった。

千秋に何か悪いことでもいったかと、私はその日の朝からの千秋との会話を、あれこれと思い返してみたが、これといったものは浮かんでこない。

それ以来、私は不機嫌な千秋をずっと見ることになった。

ある日、千秋を夕食に誘った。夕食後、彼女はホテルへ行こうという誘いに応じた。それで彼女の機嫌が直ったと思ったが、違っていた。

「何か、気に入らないことでもあるの」

と、私は訊ねた。

「近頃の君は少しおかしいよ」

「お気になさらないでください」

「しかし、気になるよ」

「ですから、気にしないでくださいと申し上げてますでしょう」

と、とりつくしまがない。

ひょっとしたら、彼女には躁鬱の気があるのかもしれないと疑った。彼女と知り合って三年余りにはなるが、彼女についてどれほどのことを知っているかと訊ねられたら、うまく答えられない気がする。

径文社の祝賀会も終わり、しばらくして、山村が記念写真をもって訪ねてきた。私と彼は写真を前にして、当日の様子をあれこれ思い出しながら話に興じた。

山村が帰っていった後、書斎に入ってきた千秋に私は何気なく、写真を差し出して見せようとした。

「ほら、この間の祝賀会の記念写真だ。随分、かしこまって写ってるだろう」

しかし、千秋は写真を一瞥しただけで、手に取って見ようともしない。それどころか、すっと私の側をすりぬけて、隣室に行ってしまった。私には彼女が機嫌をそこねた理由がわからない。気にはなったが、どうしようもないので、写真をケースに戻して机の引出しに放り込み、隣室の千秋に「悪いけど、もう一杯コーヒーを頼むよ」と声をかけた。千秋から返事はなかったが、すぐに、豆を挽く音が聞こえ、しばらくすると、カップを載せた盆を持った千秋が私の前に立った。私が机の上に広げていた原稿用紙を脇に寄せると、そこに千秋はコーヒーカップを置き、突っ立ったままいつまでもその場から動かない。

「どうしたの」

といぶかる私に千秋は、

「私にも、贈り物をください」

という。

「え」と私は一瞬、驚いたが、それで千秋の機嫌が直るのなら安いものだと思いながら、気軽に訊ねた。

「いいよ、何が欲しいの」

「この近くにマンションを買ってください」

私は声を失った。

「奥様に高い訪問着を買って上げたでしょう。だから、私にはマンションを買ってください」

「どういうことだ、君は自分のいっていることの意味がわかっているのか」

私はようやく自分でも情けないと思うほど、かすれた声を出した。

「わかっています」

千秋はきっぱりといい切る。

「私はこの三年間、先生の手足になって働いてきました。私の生活の大部分を先生に差し上げたといってもいいかもしれません。それが、全て奥様の内助の功にすりかわってしまったのです。おかしくはありませんか」

「しかし、君はたかだか三年だろう、妻と私は二十年以上も共に過ごしてきたんだ。それが内助の功というものじゃないのか、世間はそういうよ」

「単に年月の長短ではなく、質の問題です。濃さの問題です」

「そんな変な理屈をいわれてもね」

混乱して考えが纏まらない私に向かって、千秋はさらに驚くようなことをいった。

「奥様と別れて私と結婚してください」

「なんだって」

「奥様より私の方がずっと先生を愛してます」

「そんなことといわれてもね」

「奥様は法律的に妻の座にあることに安住しているだけで、先生を愛してなんかいません」

「そんなことをいわれてもね」

と、繰り返しながら、私は「愛している」というせりふが、私に向かってなまの形で発せられたことに、真実とまどっていた。それも千秋の口から出ているということがなんとも不思議で仕方がない。私くらいの年齢層の者は恐らく、「愛している」などという言葉をぶつけられると、ぶるっと背筋が寒くなる程の違和感を覚えるのだ。それも、このせりふには絶対に似つかわしくない千秋がいったということで、私は二重に驚いているのだ。

「よく、考えてみるよ」と、とりあえずその場はとりつくろうので精一杯だった。

その夜、私は学生時代からの親しい友人の弁護士、岡島郁夫に電話をかけ、翌日、彼の事務所で相談に乗ってもらう約束を取りつけた。

翌朝、食事もそこそこに家を出ると、まっすぐに岡島の事務所に行った。

「何もかも隠さずに喋ってくれよ」

と、岡島はいう。

「後で、実はこうだったんだなんていわれると、かえって面倒なことになるんだからな」

「ああ、わかってるさ」

私には隠すつもりはない。とにかく、今の状態をなんとかしなければならないのだから。私は岡島に問われるままに、千秋とのこれまでのこと、昨日、突きつけられた要求まで、できるだけ感情をまじえずに、答えていった。岡島は私の仕事場に何度かきたことがあるので、千秋を見知っている。

「あの女性には、気をつけろといったろう」

「うん、しかし、こうなってしまったんだ」

「あの眼にやられたんだろう、あれは危険な眼だ」

「わかるのか」

「職業柄、女の問題にはいろいろかかわってきたからな」

「どうしたらいい」

「お前には金があるんだから、要求通りにマンションを買ってやって別れたらいいだろう」

岡島はあっさりといってのける。

「いや、俺は千秋を手放したくはないんだ。彼女がいなくなると、仕事が何もできなくなる。彼女に頼りすぎたのが悪かったとしても、もうその習慣ができてしまっているのでね」

「呆れたな」

と、岡島は本当に呆れたといった顔をした。

「どうしたらいい、それを聞きにきたんだ」

「じゃあ、やっぱりマンションを買ってやるといい。その条件として、今後も秘書としての務めを果たす。ただし、それ以上の関係は持たないと約束させる」

「しかし、千秋は妻と別れてくれといってるんだ、無論、妻には何もいってない。千秋のことも知らないだろう」

「君は今日子さんと別れたいのか」

「いや、とんでもない。そんな気はまったくないよ」

「じゃあ、別れる必要はないよ。彼女が君をどんなに脅しても無駄だといってやれよ。彼女は君に奥さんがいるということを知っていて、君とそういう関係になった。奥さんには彼女に慰謝料を要求する権利があるし、君との不倫関係をやめるよう要求する権利もあるんだから、そういってやるといい」

私は内心、岡島に失望していた。この程度の知識なら千秋はとっくに承知しているだろうから、動じることはないだろう。しかし、人を当てにした私が悪かったのだ。やはり、自分で解決するしかないのかと、意を決して立ち上がり、岡島には礼をいって、彼の事務所を後にした。

その日は仕事場の近くの不動産屋を二、三軒のぞき、周辺のマンションのパンフレット類をもらい、いい物件の情報も得た。しかし、仕事場には行かなかった。

翌日、千秋に「よさそうなのを選びなさい」といって、パンフレットを渡したが、その時、「あまり、高いのは困るよ」と、上限の金額をいうのを忘れなかった。

千秋は嬉しそうに受け取ると、隣室に引き籠もり、二、三時間というものほとんど出てこなかった。ようやく出てきたかと思うと、実際に見てみたいから外出させて欲しいという。

「一人で勝手に決めては駄目だよ」

千秋がいそいそと出ていく後ろから声をかけながら、気持ちを妙に高ぶらせている自分に気づいていた。

その頃、私は径文社の依頼で、エカテリーナ二世の評伝を書き下す準備を始めていた。山村も熱心だったが、私自身、資料を調べていくにつれて、この著作をライフワークにしたいと思うほどに意欲が高まっていった。千秋がいないと絶対に筆が進められないことはわかっている。仕事場の近くに千秋が住むことになれば、かえって都合がよくなるようにも思えてきた。エカテリーナ二世の資料収集の合間にマンション探しもやるので、千秋もなかなかこれと決めかねているふうだ。しかし、探すこと自体も楽しいらしく、彼女の機嫌のいい日が続いた。私に妻と別れてくれとはいわないままだ。

ようやく彼女のお気に入りのマンションが決まり、引っ越しが終わったのは、十二月に入ったばかりの、その年初めて雪が降った日だった。荷物運びなどは全て業者に頼んだ。千秋はその采配のために欠勤した。私は仕事場にいて、千秋が作ってくれた、エカテリーナ二世の詳細な年譜を見ながら、筆を起こしはじめたが、千秋のマンションでの動きの一つ一つが目の裏にちらついて、一行も書けない。女帝の肖像画の写真をぼんやりといつまでも見つめている。エカテリーナは緑色の軍服をまとい、馬に跨がっている。私はふと、千秋にこんな格好をさせたらどうなるだろうと、いつの間にかそんなことを考えていた。千秋には軍服のような固い服装は合わない気がするが、彼女なら上手に着こなして見せるかもしれない。これまでにも、彼女の意外な面に出くわして、驚いたことが何度もある。彼女との関係がここまできた以上、これからはもっとその機会は増えるだろう。

夕刻になると雪が降り始めた。ペンを動かすのを諦めて窓辺に立ち、上から際限もなく降りてくる白い粒を見ていると、千秋から電話がかかり、あらかた片づいたので、引っ越し祝いに軽く乾杯したいという。「じゃあ、ワインを買って行こうか」というと、もう準備してるからいらないという返事だ。結局、一行も書かないまま、仕事場を後にすることになった。

歩いて行けない距離ではないが、雪なのでタクシーを拾い、ロータス三番館四〇五号室という、千秋の新しい住まいに向かった。

表通りに広い門構えがあり、そこから十メートルほど先の玄関口に幅広の車寄せがある。五階建ての建物は、総戸数五十戸ほどだというから、さして大きなものではないが、濃いレンガ色の外壁が、千秋好みらしい、落ち着いた印象を与える。建物の前面に沿うようにして、桜の樹が数本植わっている。植林したらしく、まだそれほど大きくはないが、数年もすれば結構大きくなるだろう。大きくなれば、居ながらにして花見ができる趣向か、とそんなことを考えながら、入り口を入った。女性が一人で暮らすのだから、ボタンを押さないと入り口のドアが開かないセキュリティのしっかりしたマンションを探すようにといったのだが、なぜか、千秋は「あれは、面倒でいやです」と、断わった。

「だって、先生のこのマンションだって、黙って入れるでしょう、面倒がなくていいじゃありませんか」

「それは、これが建った当時はまだ、そんなにセキュリティを問題にしてなかったからね」

「入り口でボタンを押して開けてもらうなんて、自分の家を出入りするのに、いちいち身体検査をされているみたいで、いやなんです」

「たちの悪いセールスマンが来たりすると困るだろう」

「大丈夫ですよ。そんな人にはドアを開けませんから」

私も知人のマンションを訪ねた折りに、いちいち、入り口で訪問先の室番号を押し、マイクで名乗ってから、入り口のドアを開けてもらい、それからようやくマンションの中に入った経験をしては、その度に、面倒だなと感じているので、千秋がいうことが分からないでもない。

ドアフォンを鳴らすと、千秋は光沢のある黒地のワンピース姿で出迎えてくれた。いつもよりは口紅が濃い。十坪ほどのリビングはきれいにかたづいており、新しく買ったらしい楕円形のテーブルの上には、赤い色のローソクやポインセチアの小さな鉢が置かれ、銀色のトレーにはサラミやチーズ、カナッペの類が盛られている。ワインクーラーではもうワインが冷えているようだ。千秋は私にオープナーを渡した。私はワインの栓をあけて、二つのグラスに注いだ。

窓のカーテンは開いているので、遠く、近くのビルの窓の明かりやネオンの光彩が、降る雪を透かして滲んで見える。

「なんだか、ロマンチックな気分だね」

ちゃんとした昼食をとってなかったせいか、二、三杯のワインで、体が火照ってくるのがわかった。

「ほんとに」

と、千秋もうっとりとした表情を見せている。

「エカテリーナというのは、あれは悪女だろうか」

「さあ」

「世間の評価では悪女ということになってるだろう」

「そうですね」

「君はどう思う」

「さあ」

「さあ、ばかりいってないで、どちらか答えなさい」

「悪女に描こうと思えば悪女になるし、聖女に仕立てようと思えば、聖女ができ上がるんじゃありませんか」

「ずるい答えだね。しかし、彼女を聖女に仕立てるのは難しいだろう」

「できますよ。先生の筆力だったら、エカテリーナだって、聖女に描けます」

「そうかな」

「でも、世の中、悪女はいても聖女はいないのじゃないかしら」

ワイングラスを頬の辺りにつけたままの千秋は私をじっと見ている。ワインの赤い色が彼女の瞳をゆらゆらと炎のように染めあげている。この眼だ、この危険な眼から逃げないと、私は立ち上がると、玄関の方に足を向けて踏み出そうとした。しかし、次の瞬間、私は千秋の背後に立ち、彼女の手からグラスを取り上げ、両の肩をしっかりと抱いていた。

「やっぱり悪女にしよう」

嵐のような時が過ぎると、私は酔いからすっかり醒めていた。私は衣服を整え、コートも着込んだ。

「じゃあ、ゆっくりおやすみ」

千秋の返事はなく、かわって白い二本の腕が私の体からコートをはぎ取ろうとする。

「約束だろう。私は絶対に外泊はしないことにしてる、これだけは守らせてくれ」

「嫌です」

押しつぶしたような声が洩れてきた。

「おやすみ」

私は千秋の腕を強引に剥がすと、玄関に急ぎ、扉の外に飛び出した。エレベーターを待つ間に千秋が追ってきそうで、四階からの階段を一気に駆け降りていった。戸外に出ると、雪はもう止んでいたが、地面にはうっすらと白く積んでいる。終電はとっくに行ってしまっている。うまくタクシーがつかまればいいがと思いながら、私は大通り目指して歩いて行った。

年末、年初のそれぞれ一週間、私は千秋に休暇を与えた。千秋はマンションに妹の智恵子と姪の珠子をよんで正月を祝うらしい。千秋の方も智恵子の家を訪ねたり、三人で近場の温泉にも行くことになっているという。あんなことがあったが、私はあれから何度か千秋の室に行き、その度ごとに千秋を抱いている。千秋が私に泊まっていくようにと迫り、私が強引に家に戻るという構図も同じだ。千秋が私に休暇中の計画を教えたのは、私と智恵子たちが、マンションで出会うことになったり、私が千秋の留守中にマンションを訪ねることがあってはいけないと思ったからだろう。

正月を挟んでの二週間、私はじっと自宅に籠もって過ごした。東京の大学にいっている長男の勇夫は正月休みだといって戻ってきているが、地元の企業に就職が決まっているので、このままずっと家にいる積もりらしい。次男の伸夫は大学の入試に失敗して予備校に通っているが、本気で大学に行く積もりはないのか、のんびりと正月を楽しんでいるふうだ。今日子はそんな伸夫に腹が立つのだろう、伸夫だけでなく、私にまで当たりちらしている。私はこんなごたごたした家から逃げ出したいのだが、千秋のいない仕事場には行く気がしない。

「あんなに忙しい忙しいといって、毎晩遅く帰ってらしてたのに、そんなにのんびりしててよろしいんですか」

と、今日子が厭味をいう。伸夫だけでなく私までがだらっとしているのが目障りなのだろう。

「また忙しくなるから、今のうちに英気を養っているのだ」

私は適当にあしらっておく。

「一度にまとめてなさるから忙しくなるんですよ。こんなに暇な時に少しずつおやりになればいいのに。わざわざ英気なんか養う必要ありませんよ」

「私の仕事はそう機械的にはいかないんだよ」

男が三人ごろごろしているので、今日子は鬱陶しいのだ。しかし、ごろごろしている私自身もストレスが溜まっているのだろう、つい声を荒らげてしまった。

「こんな居心地の悪い家には、帰ってきたくなくなるぞ」

正月休暇が終わり、私はまた千秋のいる仕事場に通い始めた。大学の講義はもう新学期まではない。講演なども時期的に、ほとんどいってこない。エカテリーナ二世の執筆が気持ちがいいほどはかどっていく。四月には脱稿して、秋、九月頃には刊行の予定だ。このままだと計画通りにいきそうだと、千秋と確かめあった矢先、困ったことが起こった。

卒業式に出席するため上京した勇夫が、その帰りに友人たちと大山にスキー旅行に行き、骨折して現地の病院に入院したというのだ。今日子から仕事場に電話が入って、私はそのことを知った。電話口の今日子は取り乱しており、早く帰ってきてくれとばかりいう。事情がわからないので、とにかく仕事は放り出して家に帰るよりない。

自宅に着いてすぐに、現地の病院に電話で問い合わせてあらかたの事情がわかった。骨折の部位は右足の大腿部だというので、胸部や背骨なんかでなくてよかったとほっと胸をなでおろしたことだった。しかし、緊急に手術の必要があるというので、私と今日子はすぐに大山に発った。

駅に降り立つと、雪が舞っている。駅前の道路も家並も真っ白だ。遠景の山々もすっぽりと白布に包み込まれているように見える。ぶるっと身震いがくるようだ。

私たちはタクシーに乗り込み、病院に急いだ。受付で名前を名乗るとすぐに看護婦がやってきて、勇夫の病室に案内してくれた。骨折は足だけですんだが、あちこちに擦過傷や打撲傷があるらしい。額や腕にもガーゼをあてた大きな絆創膏が貼ってある。勇夫は青い顔で眠っていた。痛みがつよくて眠れないということで、軽い睡眠剤が与えてあるということだ。看護婦がいなくなった途端、今日子が泣きだした。「みっともないからよしなさい」と私は小さな声で叱ったが、この程度のことで泣きだすのかと、私は驚いていた。

「足を一本を折っただけじゃないか」

「でも、こんな体になって可哀相に」

「若いからすぐ治るよ」

「元通りの体になるんでしょうね」

「だから足を一本折っただけだって、スキーではよくある事故だよ」

私と今日子は主治医と手術を担当する外科医に会って、説明を受けた。明日中に内科的な検査をおえて、問題がなければ明後日に手術をするということだ。私たちはその夜、面会時間が終わるまで、勇夫に付き添い、それから病院に紹介してもらい、予約を入れていたホテルに行った。

　勇夫の手術は無事に済んだ。勇夫が動けない間、私たちがやることはない。ただ、ベッドの側でじっとしているだけだ。私にとっては退屈この上ない。私が愚痴ると、今日子は、ホテルで原稿でも書いていればいいではないかと、あきれたことをいう。

「資料も何もないところで、いったい何が書けるというんだ」

「あら、そうなんですか」

「そうなんですかって、君、そんなこともわからないの」

「あなたのお仕事のこと、私、なんにもわかりませんもの」

　そんなものかと、私は憮然とするばかりだ。

　勇夫の付き添いは、人を雇うことにして帰ろうと提案するが、今日子は承知しない。誰も知る人がいない、こんな淋しい町の病院に、動けない怪我人を置いて帰れますかと息まく。

「もういい大人なんだよ。一人でなんとかするさ」

「貴方は勇夫が可愛くないんですか」

　今日子も疲れているのかもしれないと、同情するが、まともに相手をする気になれない。何か緊急のことがあれば、千秋から私の携帯電話に入るはずだが、それはないので、無理に急いで帰ることもないのだが、やはり、仕事に早く戻りたい。一度、千秋に電話をしてみると、彼女も自分が原稿を書くわけにはいかないから、書きかけの原稿はそのまま放ってある、他の仕事にしても私の指示がないとどうしようもないと、困っているようすだ。

結局、私は一週間、大山にいて帰ることにした。今日子はもう暫く残るという。勇夫も私がいるのは煩わしいが今日子にはいてもらいたいらしい。

「お前ももう社会人なんだから、お母さんに甘えるのもほどほどにしろ」

と私はたしなめてみたが、勇夫には私の思いは届かない。

「お母さんが残りたいというんだからいいじゃないか」

「しかし、ずっとホテル暮らしをしてるからお母さんも疲れてるんだ。一度、戻って少し疲れをとってからまた出直したらどうだ」

と、私は今日子の体を心配していったが、彼女にも私の思いは伝わらない。

「私は疲れてなんかいませんよ。貴方は随分、退屈しておられるようですから、どうぞ一人でお帰りください」

と、また、厭味をいうだけだ。

私は駅のホームから千秋に、今晩帰ると、電話を入れた。寒いから鍋を準備してるので、まっすぐにこちらにきてと、千秋のはずんだ声が返ってきた。

その夜、私は千秋の室に泊まって家には帰らなかった。その夜を境に、私は家に戻ることの方がすくなくなった。

勇夫が退院し、車椅子から松葉杖になり、それも不要になり、まだ多少不自由らしいが、会社に勤めはじめた。伸夫はいくつか受けた大学の一つに、なんとか合格して、彼にも新しい生活が始まった。

私も無事に「評伝エカテリーナ二世」を書き上げ、山村に手渡してほっとする日々が訪れた。しばらくは大きな仕事は引き受けないように決めた。

こうした穏やかな日々がずっと続いてくれることを、密かに願っているのだが、しかし、そうはいかないようだ。千秋が今日子と別れてくれと、時折いい出すので、その度に私は心を騒がせているのだ。

「今日子と別れるつもりはないと、いつもいってるだろう」

と、繰り返すしかない。

ある日、千秋が、

「奥様に別れてくれって、ちゃんとおっしゃったんですか。ひょっとしたらまだってことないでしょうね」

と、いい出した。

「それは、私に別れる気がないんだから、そんなことというはずないだろう」

「やっぱり。私がこんなにお願いしているのに、何故なんですか、何故別れてくださらないんですか」

「今日子にはなんの落ち度もないんだよ。別れてくれっていえるわけないだろう」

「わかりました。じゃあ、私が直接奥様にお願いしてみます」

「おい、おい、何をいってるんだ、そんなことをしてもらっては困るよ」

千秋がそこまでいうとは想像していなかった。しかし、千秋ならやりかねないと気づき、私も腹を据える時がきたと、覚悟を決めた。このような状態がいつまでも続くとは、思っていなかった。その時がきたと考えるより他はなさそうだ。

私は千秋に、暫く仕事場にも千秋の室にも来ないつもりだ、その間に、一番いい方法を考えるから、それまでは絶対に今日子に会いに行ったり、電話をかけたりしないようにと約束させた。

その夜、家に帰ってみると、勇夫も伸夫もいない。居間に今日子が一人ぽつんといて、何をしているふうでもない。夜の静寂の中に、一人取り残されている今日子を目の当たりにして、一瞬、胸が痛んだ。

勇夫たちはと、聞くと、二人で夜釣りに出掛けたのだという。あいつらにそんな趣味があったのかと、驚いて見せると、あなたはこの頃外泊ばかりだから、知るわけがないのだと、今日子は薄ら笑いを浮かべている。

外泊を続けている不心得を、まず詫びなければと思い、今日子の真向かいに腰を下ろした。

しかし、私が口を開くより先に、今日子が押し殺したような声でいった。

「私は絶対に別れませんからね」

今日子の頬にはまだ薄ら笑いが浮かんだままだ。

予想外のことで、私は咄嗟に何もいえないでいた。何故、突然そんなことを、今日子がいい出したのか不思議だった。多分、私が別れ話をするために、帰ってきたことを感じとって、先手を打ったのだろう。これで話がし易くなったと思うと、私は随分気が楽になった。

「悪かった、許してくれ」

「私は絶対に別れませんからね」

と、今日子は繰り返した。

「できるだけのことはするから」

「別れないといってるでしょう」

「お互いのために、別れる方がいいと思うんだがね」

「私が何をしたっていうんです。私は何も悪いことはしてませんよ」

「そうだ、君は悪くない。悪いのは私だ。だから、できるだけのことはさせてもらうよ」

「あの天見千秋という女のどこがいいんです」

私と千秋の関係に、いつから今日子が気づいていたのか、私は聞きたい気もしたが、しかし、そんなことを今更知ってもどうなるものでもないのだ。私の外泊が続くようになったので、興信所でも使って調べたのかもしれない。それはそれで仕方がないことだ。

結局、私は今日子の説得に失敗した。

翌日、私は岡島を訪ねて彼の事務所に行った。

「奥さんと別れるのは無理だってこの間いっただろう」

と、彼は呆れたような眼で私を見た。

「絶対に駄目か」

「今日子さんは家庭をきちんと守っている貞淑な妻だ。一方、君ときたら、助手に手を出した浮気男だ。その上、家庭を顧みない、妻子を泣かせている。君の方から離婚を申し立てられるわけないじゃないか」

「しかし、俺としては、これからの人生を千秋と共にしたいんだ」

「勝手な奴だな、今日子さんにしたら、踏んだり蹴ったりじゃないか」

「理屈通りにはいかないのが、この世の沙汰だろう」

「下手な理屈をこねるなよ」

その日、私が彼から引き出した結論は、私と今日子との間では、夫婦としての生活がなされていない、離婚しているのと同じだという状態が誰の眼にも明らかで、かつその関係が長い期間にわたって継続しているとみなされれば、離婚できるだろうということだった。

「長い期間というのは、どの位の期間なの」

「まあ、最近は比較的短い事例も出てきたが、三年かそれ以上だろう」

「三年もかかるのか」

「当たり前だ。夫婦というものは前世からの因縁だ。それを人為的に断ち切るには相応の犠牲がいるのだよ」

完全に夫婦の関係が破綻しているという既成事実を作るためには、自宅への出入りは厳禁だといわれたが、しかし、現実にはそうもいかない。というのは、身内の仏事や結婚式等、今日子と共に顔を出さねば恰好がつかないことが結構あるのだ。この調子だと、いつまでたっても離婚ということにはなりそうにない。

やむを得ない場合にだけ、今日子と表面的な夫婦を演じるが、実質は千秋と夫婦でいることで、暫くは辛抱してもらいたいと、千秋にはそういって因果を含めるよりないだろうと、私はほとんど匙を投げるところだったが、突然、今日子側の弁護士から呼び出されて、今日子が離婚に同意したということを告げられた。

結婚した勇夫に子供が生まれることになり、母親のいない勇夫の妻の世話で明け暮れるうちに、私との離婚騒動に嫌気がさしてきたからだという。高額の慰謝料の他、今後、一切、今日子と勇夫、伸夫との関わりを捨てることという条件もついた。つまり、勇夫の子が生まれても会ってはいけない、伸夫が将来結婚する時も、式にでるには及ばない、などということらしい。

千秋に話すと、

「慰謝料はできるだけ沢山差し上げてください」

という。

「しかし、勇夫も伸夫も、とうに成人を過ぎているんだ、いまさら養育費でもないだろうに、なんでこんなに要求するのかね」

「可能であれば、要求額よりもっと差し上げて下さい」

「おいおい、馬鹿なことはいわないでくれ」

「私、慰謝料が安いのは嫌なんです。私がそれだけ、安く見られているみたいで」

「そんな考え方もあるのか」

予想もしない千秋の言葉だった。

これでは、女性を金銭で売り買いする思想の域内に、千秋もいるということになるではないかと、私は不満を覚えたが、別の見方をすれば、それだけの価値のある千秋という女性を、私は得たことになるわけで、それはそれで満足に思うべきかもしれない。女性の価値の程度をはかる尺度が、金銭であっても構わないではないか。

私は離婚届けの紙一枚と引き換えに、私が所有する資産のほぼ三分の一を今日子に渡した。

私と千秋は婚姻届けを出したその足で、役場近くの小さなレストランに入り、ワインで乾杯した。これが私達の結婚式だった。

「披露宴だけでもしようか」

と、私はいったが、千秋はそんなものはいらないという。

「自然に知られてくると思いますから」

「そうだね」

身近の者だけには、挨拶状を出した。

径文社の山村が飛んできた。

真紅のばらの花束を千秋に差し出して、

「なんとなく怪しいとは思っていたんですがね、聞くわけにもいかないので」

「ま、そういうことだから、今後ともよろしく頼むよ」

と、私は照れながら頭を下げた。

それまでは千秋に対して、「天見君、××をして」と命令口調だった山村が、敬語を使いだしたのがおかしかった。

千秋の妹の智恵子と姪の珠子も、お祝いをいいにきてくれた。珠子は時々仕事場や千秋の室を、訪ねて来ていたので、すっかり顔馴染みになっていたが、智恵子に会うのは初めてだった。夫を亡くした後もずっと小学校の教師をしてきたというが、千秋に比べると、いかにもつつましやかで、地味な印象だ。二人が帰っていったあと、千秋は私にいった。

「智恵子は私を許してくれてなかったんですよ、生真面目な性格だから」

「正式に結婚したから、許してくれたというわけか。ま、これからまた仲よくすればいいさ」

「智恵子には珠子という娘がいますけど、私には身内は智恵子だけですからね、智恵子に冷たくされると辛いんですよ」

千秋がこんな弱音を洩らすのを初めて聞いた。私と一緒になったことで、彼女は安寧を得、本心を見せることを恐れなくなったのだろうか。そんな千秋がいとしくなって、私は思わず彼女を抱きしめた。

「私がいるからいいじゃないか、辛い思いなんかさせないよ」

平穏な私達の日常が乱されることがある。

時折、伸夫が現れるようになったのだ。千秋は露骨に嫌な顔をした。

「今日子さんの方から、あちらとは一切の関わりを断つようにといわれたんですよ。それなのに」

「それは今日子の意向で、仲夫の意志ではないんだから」

仲夫は志望する大学に入るには入ったが、舞台監督になりたいなど、夢のようなことをいって退学すると、地元の劇団に入団した。そのことで今日子を怒らせているので、彼女には無心するわけにはいかず、私から小遣いをせしめようとして来るのだ。

私が仲夫に小遣いを渡すことには、千秋は反対しない。ただ、渡したらさっさと帰ってもらってくれという。しかし、仲夫はぐずぐずとして帰りたがらない。

「おふくろは兄貴の子供に夢中で、俺なんかのこと何も構ってくれないんだ」

と、愚痴をこぼす。仲夫の居場所が家の中にないことが、容易に察せられて可哀相になる。

「たまには飯でも食わせてやってくれ、あいつも寂しいんだよ」

と、私は千秋に頼む。

「お二人で外でなさってください」と、つき離されることもあるが、千秋は機嫌がいい時には、夕食の席に仲夫を加えることがある。仲夫には今日子たち家族の話は一切してはならないといってあるので、演劇にかかわることが、話題の中心になることが多い。

仲夫の劇団ではチェーホフの三人姉妹の公演を予定していて、舞台稽古に入っているなど、要領がいい伸夫は私達が喜びそうな話題を持ち出す。

「公演には来てください。ご招待しますから」

「ご招待ではなくて券を買わされるんだろう。そんな小さな劇団では皆んな券を割り当てられるんだろう」

「よくご存知でいらっしゃる」

と伸夫は悪びれもしない。

「券は買ってあげます。でも、公演には行きません」

と、千秋はきっぱりという。劇場で今日子と出会うことがないとも限らないと、思ってのことだろう。伸夫もそのことを察して、千秋の料理の腕前をほめたりして、適当に場をとりつくろう。

千秋が智恵子の家を訪ねて出かけていった夜のこと、前ぶれもなしに伸夫がやってきた。

「へえ、お父さん一人なの。晩飯は食ってきたからいらない。それより、二人で飲もうよ」

彼は友人と飲んで別れたばかりだといって、少し紅い顔をしている。

「いいだろう」と、私は冷蔵庫の中から夕食の食べ残しやサラミなどを出してきた。

「もう、小遣いが無くなったのか」

というと、伸夫は大げさに手を振って見せた。

「いや、今日はそんなんじゃない。たまたま近くまできたので、敬意を表してと、それでお訪ねしました」

嘘ではないらしい。友人と別れた後、真っ直ぐに家には帰りたくなかったのだろう。私は伸夫のコップにビールを、泡がこぼれるまで注いでやった。

「千秋さん、今夜は遅いの？」

やはり、千秋の留守に上がりこんでいるのが気になるらしい。

「多分、遅いと思うよ。妹の家だからゆっくりしてくるだろう」

「ふーん」といったあと、伸夫は安心して気をゆるめたのか、

「やっぱり、千秋さんの方がいいよね」

と、変なことをいう。

「どういうことなんだ」

「おふくろに比べると若いし、美人だし、きちんとしてるし。最近のおふくろなんか、もう、女を捨てましたといわんばかりに、でれーとしてるんだ。俺、見てて辛いよ」

「母親のことをそんなふうにいうのはやめなさい、お前の品位にかかわることだ」

私は伸夫が帰っていってからも、彼が千秋のことを褒めたのが気になった。千秋から嫌われているとわかっているはずなのに、時々、やって来るのは、無論、私から小遣いをもらうのが

一番の目的だとしても、ひょっとしたら千秋に会いたいという思いもいくらかはあるのではないだろうか。馬鹿げた妄想だと打ち消してみたが、その夜遅く戻ってきた千秋の、若々しいとさえいえる肌の冴えを見ると、妄想だとはいいきれない気になるのだった。

しかし、相変わらず、千秋は伸夫が来るのを快く思っていないのは明らかなのだから、私は安心していいのだ。仮に、伸夫に千秋に対する特別な思いがあったとしても、それは、多分、年上の美しい女性に向けられた憧れのようなものに過ぎないだろう。それに、若い男が、それが自分の息子であったとしても、憧れるほどの女性を妻にしているということは、ある意味では心地いいものでもあることに私自身気づいていた。

少し暇ができたので、私はまた、風景写真を撮りに出掛けるようになった。その度に千秋はついてきた。魔法瓶に熱いコーヒーを入れて、サンドイッチなんかも持ってくる。シャッターチャンスを狙って、何時間もじっとその時を待つのだが、私は自分のことだし、もう慣れているから苦痛はない。むしろ、その瞬間が来た時のなんとも表現し難い程の高揚感を味わうために、じっと待つのだ。その間、千秋は退屈した素振りも見せないで、持ってきた本を読んだり、私の側に黙ってすわって、時に応じて変化していく、山のたたずまいや雲の行方などに、じっと見入っていたりする。今日子と共にこのような時を持ったことはない。このことだけでも、私は千秋と一緒になってよかったと、あらためて思うのだった。

珠子が大学を卒業したといって私たちの住まいに挨拶にきた。お祝いに美味しいものを食べにいこうということになり、どこがいいかという段になって、私はてんぷらはどうだろうと提案した。

「ほら、珠子さんが中学の入学祝いというので、てんぷらを食べに行っただろう、あの時のこと、覚えてる？」

と、珠子に聞くと、よく覚えているという。

千秋とこういう道を辿ることになる運命の時が、あの日に始まったのだ。無論、珠子はそんなことは知らない。私は無心に箸を動かしている珠子を前にして、感動に似た感慨を覚えていた。それは千秋にしても同じだったかもしれない。彼女はあの時と違って、珠子に対してほとんど何もいわなかった。

珠子はますます千秋に似てきていた。

大学で司書の資格をとった珠子は、私の世話で、私が講義に行っている大学の図書館に勤めることになった。といっても正式採用ではない。司書の資格を持つ者は多いらしく、しかも一度採用されるとなかなか辞めないという理由で、欠員が生じにくい職場らしい。欠員ができ次第、正式採用になるが、それまでは臨時のパートの身分だ。通勤路に当たっているので、勤めの帰りには、しばしば、私たちのところに寄っていくようになった。

「評伝エカテリーナ二世」の評判がよく、六年で六版を重ねた。一版が五千部というから、この種の本としては予想外の売れ行きだ。それを感謝してということで、私と千秋は径文社の社長から食事に招待された。その夜の千秋は飛びきりのドレスに身を包んでいた。食事の場所はホテルの個室が当てられ、そこで私たちは、社長、営業部長、それに編集部長と山村の四名から揃って出迎えを受けた。食事に先だって、社長から、「奥様の多大の援助を頂いて」と挨拶され、千秋は面目をほどこしたようだ。千秋のためにこんな場面を作ってやることができてよかったと、心底、私自身も嬉しかった。だが、しかし、千秋がこの種の喜びに出会う機会は、もう二度と来なかった。

ロータス三番館の敷地内に植えられている数本の桜の葉が、黄色や紅色になり、やがて褐色に染まりだした。桜の葉がこんなにも美しい色合いに変わっていくことを、ここに住むようになって初めて知った。

去年までは、四階の窓から千秋と二人で眺めて、桜の紅葉の美しさをいいあっていたのだが、今年は、千秋は臥せっていることが多くなった。私は何度も病院に行くように勧めるのだが、千秋は更年期ですから、というだけで素直に応じようとしない。仕事場に行くのも休みがちだ。特に急ぐ仕事があるわけではないから、大して困らないのだが、今まで私が知らない間に、千秋が処理してくれていた雑用のようなものは溜まってくる。それで、千秋は珠子にいって、勤めがない時にはできるだけ、私の仕事の手伝いをするようにといい渡した。珠子は千秋のいうことには、従順のようだ。

「智恵子は真面目一方の堅物だから、珠子の気持ちなんかお構いなしに自分の考えを押しつけるんです。珠子はだからかえっていうことをきかないんでしょうね。私は珠子の身になって話をきいてやってたから」

と、千秋は珠子のことをいとおしむようにいう。

その年が明け、裸の桜の木がぽつぽつと蕾をつけ始める頃になった。千秋はだんだん痩せてきて、咳をしたり、胸のあたりを痛そうに押さえていたりする。私はとうとうたまりかねて、千秋を叱り、珠子に手伝わせて無理にタクシーに乗せて病院に連れていった。

二日後、検査の結果の診断をきいて、私は愕然として暫くは立ち上がることができない程だった。乳癌の末期で転移もあり、手術しても治癒の見込みはまずないというのだ。

「なぜこうなるまで放っていたんですか、二年くらい前から症状は出ていたと思いますよ」

と、診断を下した医師から叱るような口調でいわれた。

「貴方はご主人でしょう、奥さんの胸にこんなに大きな凝りがあるのに気がつかなかったんですか」

私は何をいう力もなく、黙って下を向いているだけだった。

よく考えてみると、確かに、二年程前から、千秋は私が胸をさわるのを嫌がるようになっていた。私が乳房の上に手を置こうとすると、さり気ない感じでその手を払って別のところに導いていく。私は彼女のその動作を、いぶかりもしなかった。そのうかつさに、私はほぞを噛む思いだ。

千秋はそのまま入院することになった。私は手術をすればひょっとしたら治るのではないかと、千秋を説得したが、彼女はそれは絶対に嫌だといい張る。医者も手術はすすめない。

完全看護だから付き添いはできないといわれ、マンションに戻った私は、獣のように室内をただぐるぐると歩き回るより他、なすすべを知らなかった。

翌日早朝に、智恵子と珠子がやってきた。入院に必要な品々を揃えてくれるためだ。私は智恵子に、ひょっとしたら千秋はかなり前から、乳癌の症状に気づいていたのではないか、その時に手術していたら、助かっていたはずなのに、何故千秋はみすみすその機会を逃がしたのか、何かそれにはわけがあるのかという意味のことを、問いただしてみた。

智恵子は思い当たることがあるという。千秋姉妹の母親も乳癌で亡くなったのだが、彼女は医者から手術をすすめられ、手術をし、その後放射線の治療もしたが結局うまくいかずに、一年ほど闘病のあげくに亡くなった。その一年間が病人にとってどれほど過酷なものであったか、看病に当たった千秋はつぶさに見てきたので、将来、自分が癌になったとしても絶対に手術はしないと、智恵子にいったことがあるのだというのだ。

「私も母の看病はしましたから、千秋姉さんが取った行動もわかるんですよ。でも今では癌の治療法も進歩してますからね、私だったら、多分、気がついた時点で、病院に行ったと思いますが」

千秋がそんな体験をし、それは彼女の生命を左右するほどの力を持つものだったということなのか。そのことを私は全く知らされていなかった。千秋の心も体も全て私のものだと思いこんでいた自分の愚かさに、私は暗澹とするばかりだった。

それまでは気力でもっていたのだろう、医師から聞かされた病状がとても信じられないほどには元気そうに見えたが、入院して内心の張りが失われたのか、千秋の病勢はとたんに進むようだった。

「後、三カ月だと思ってください」

と、担当の医師から告げられた時、千秋には何もいっていないのに、彼女自身余命を悟ったのか、

「家に帰りたいから連れて帰ってください」

といい出した。あんなに欲しがっていたマンションで死なせてやろうと決心した私は、すぐに、医師に退院を申し出た。医師はあっさりとそれを承知し、アスピリンの錠剤を処方して、

その使い方をこまごまと書いた紙と共に渡してくれた。

ロータス三番館四〇五号室に戻ってきた千秋は、まるで奇跡のように元気になった。食欲も出て、珠子が作るスープやかぼちゃのマッシュをおいしいといって食べ、珠子を喜ばせた。顔にも紅みがさし、心なしか頬のあたりにもふっくらと、肉がつきはじめたようだ。私はひょっとしたらこのまま癌が消えて治るのではないだろうかと、祈るような思いを抱いた。しかし、アスピリンの量は確実に増えていっていた。

千秋の看病に専念したいといって、珠子が勤めを辞めた。臨時雇いでそれ程惜しい職場ということでもないので、私も賛成した。私も助かったが、何よりも千秋がいつも珠子が側にいてくれるのを喜んだ。

智恵子も勤務の合間には看病にやってきた。自分には身内が智恵子と珠子しかいないといっていたから、その二人から十分に世話をしてもらって、千秋の最後はある意味、幸せだったともいえるだろう。

千秋が息を引き取ったのは、マンションに帰ってきてから四カ月後のことで、マンションの敷地の桜の葉がわずかに色づきはじめた頃だった。私の妻ということで千秋の訃報が新聞の地方版に小さく載った。それを見たといって、伸夫が葬儀に出席した。葬儀の後片付けを手伝ってくれたので、ごく身内だけの食事に誘うとついてきた。しばらく顔を見ていないので、どうしていたのかと聞くと、アメリカの演劇学校で勉強していたんだという。

「よくお母さんが許したね」

「もう、俺のことは諦めてるからね。よくぞ兄貴を産んでくれていたと、感謝してるよ」

「しかし、英語が喋れないと、勉強にならんだろう」

「いや、もともと少しは喋れたし、現地では英語を喋る奴らしかいないんだから、すぐに上達するさ」

そういえば、高校時代、伸夫の同級生にアメリカ人の子がいて、家に遊びにきたりしていたが、二人は英語で話しあっていたと、そんなことを思い出した。伸夫にはどうやら語学の才があるらしい。人にはそれぞれなにがしかの得手というものがあるものだなと、私は妙なところで感心したことだった。伸夫はビールを注いで回りながら、愛想よく誰かれに喋りかけている。これも彼の才能の一つなのだろう。

千秋の四十九日法要を終えてから、私はようやく仕事場に行き始めた。珠子が手伝ってくれることになったので、有り難かった。とても千秋のようにはいかないが、それでも、私のいうことには素直に従ってくれるので、気持ちよく仕事ができる。

時々、ふっと振り向いたりした時の珠子の顔は千秋にそっくりなので、どきりとして、これではいつまでも千秋が忘れられないだろうから、珠子に手伝ってもらうのは止した方がいいのかしらと思ったりもする。

一周忌が終わったすぐの日曜日だった。マンションに智恵子が一人で訪ねてきた。もともと笑顔の少ない人が緊張したような顔つきできたので、私は何をいわれるのかと、不安になった。

お茶を入れようとすると、結構ですからと押しとどめて、一通の封書を私の前に置いた。

「これ、姉から預かった物です。一周忌が済んだら、先生にお読みいただくようにといわれてましたから」

見ると、宛て名が私の名前になっている。

「拝見します」

といって封書を開いて読みはじめた私は「あっ」と絶句したまま後が続かない。

「これに書いてあること、智恵子さんはご存じなんですか」

「はい、私もコピーですが同じ物を持ってますから」

智恵子はバッグの中から、同じような封書を取り出した。

「うーん、これは」といって、私はもう一度文面を読み返した。

「最愛のあなたへ」という文言ではじまるその文面は、次のようなものだった。

「いよいよ最期の時が来たようです。ですから一言あなたにお願いとお礼を申し上げたいと筆をとりました。文字が乱れていて、お読み辛いかとぞんじますが、おゆるしください。

まず、お願いがあります。最期のお願いですから、是非、お聞きとどけください。それは、私がいなくなっても、誰とも再婚なさらないでということです。特に、今日子さんの元には絶対に戻らないでください。もし、そんなことになったら、私はなんとしてでも、この世に舞い戻り、お二人の仲を裂かずにはおきません。

でも、貴方はまだ六十歳を過ぎたばかりですね、再婚もやむを得ないかもしれません。というよりやはり、再婚なさるべきかもしれませんね。だって、男性が独りでいると、薄汚くなってしまうものです。私はそんな貴方をあの世から見るのは辛い気がします。ですから是非、もう一度結婚なさってください。但し、相手は珠子に限ります。珠子以外の女性との結婚は禁じます。私がこの世で貴方にして差し上げられなかった、唯一の心残りは貴方の子供を産んであげられなかったことです。でも、珠子ならまだ若いし、それに私にそっくりなのですから、多分、私が産んだ子とかわりないと思います。貴方より早く死にゆく私をあわれんで、どうぞこの願いをきいてくださいませ。

最後になりましたが、私は貴方というこれ以上は望みようがない人と共に、これ以上望む必要がないほどの、幸せな時を過ごさせていただきました。短かすぎる気もしますが、欲にはきりがありません。十分幸せでした。全ては貴方のお陰です。百万回のお礼とともに、さようなら。貴方の千秋より」

私はふと、珠子はこの文面のことを知っているのだろうかと気になった。智恵子が、

「知ってますよ」

と、あっさりといったので、驚いてしまった。

「千秋姉さんがなくなるつい十日程前でしたかしら、姉は私と珠子を呼んで、私たちにこの手紙を読ませたんです。コピーをして一通は私が持っているように、原本というんでしょうか、姉が書いた物は一周忌が終わるまで、保管しておくようにといわれて、それで今日こうしてお持ちしました。今日、私がこちらにお伺いすることは珠子も知っています」

「じゃあ、珠子さんは知っていて、この一年、ずっと私の仕事を手伝ってくれてたわけ」

私にはそんな珠子や智恵子の神経が信じられないものに思えた。

「珠子は先生の奥さんになるのを待ってるんですから」

と、智恵子はさらに私を驚かせる。

「じゃあ、智恵子さん、貴女はどうなんです。いくらなんでも六十過ぎの老人に、若い我が娘をとつがせるなんて、正気の沙汰ではないと思うでしょう」

私はそういいながら、次第に冷静さを取り戻していった。

「珠子は私のいうことには従いません。でも、姉のいうことには、それがどんなに無理難題であっても、黙って従うんです。昔からそうでした。ですから珠子は私の娘ではなくて姉の娘だと、今までもそう思ってきましたから」

「そんな淋しいというか、辛いことはおっしゃらないで下さい」

「でも、先生、この場合、何も世間的に非難されることはないんじゃありません。先生も独身、珠子も独身、ただ、先生と珠子の年齢幅がかなりあることと、先生は三度目の結婚ということ、世間一般から見ると、ちょっとどうかなって見られることはあるでしょうが、この程度のことは、割にあることで、それほど珍しいことではない気がいたしますが」

「じゃあ、智恵子さんは賛成なさるんですか」

「賛成というより、珠子が決めることですから」

「はあ」

「実は、私も最初は反対で、随分悩みました。でも、姉が残していったものを、姉によく似た姪の珠子が引き継いでいくというのも、これも前世の因縁かなって、近頃になって、そう考えるようになったんですよ、そう思うとふっ切れて、これでいいんだ、姉と珠子が望むのであればそれが一番いいんだって思えるようになりました」

それから一週間程は、私は何も手がつかないような状態に陥っていた。しかし、その間も珠子は何事もないような様子で仕事場にやってくる。こういうところは千秋に似ている。千秋も前日、嵐のようないい合いをしても、翌日は平然として仕事をやってのけた。

その年の暮れに、私と珠子は婚姻届けを出した。千秋の時は二人だけで、ワインで祝ったが、今回は珠子側の親族として智恵子に、私側の親族として伸夫に出てもらって、食事会の形をとって祝った。場所は私と智恵子が径文社の社長から招待を受けた、あのホテルの同じ部屋にした。千秋にも喜んでもらいたいと思ったからだ。

正月には新婚旅行も兼ねて、九州の雲仙に行った。至るところで温泉の蒸気が吹き出し、硫黄の刺激臭が鼻をついた。硫黄泉は初めてだったが、疲れがよくとれる気がした。珠子は肌がすべすべになるといって喜んだ。私たちは父娘《おやこ》連れに思われることが多かった。

「父娘なら手は繋がないだろうが、私たちは新婚だから手を繋いで歩こう」

と、私がいうと、珠子は嬉しそうに腕を絡ませてきた。

千秋が初めて私の腕の下に手を差し入れてきた場面が甦り、珠子と結婚してよかったと、この時、正直、そう思った。

マンションの敷地の桜がまた蕾をつけ始めた。それを見るのは辛かった。無理矢理に千秋をタクシーに乗せた日のことが思い出されるからだ。

図書館からの帰り、私は仕事場には寄らず、まっすぐに住まいの方のマンションに戻ってきた。エレベーターに乗ろうとしたが、ふっと千秋の声を聞いたような気がして、入り口をそれて敷地の中に入り込み、一本の桜の木の下に立った。大きく膨らんだ蕾が幾つか見える。明日にも花が開くかもしれない。私は幹に手を触れてみた。先程まで春の陽をたっぷり吸っていたのだろう、まだ温かい感触で手に伝わってくる。

どれ程の刻をそうしていただろうか、私は背中を軽く打たれた。

「桜の精と話でもしてるの」

伸夫だった。横に珠子も立っている。入り口で一緒になったのだという。

「なんだかぼおーとしてるみたいだったので、心配で来てみたんだ」

「いや、もうそろそろ花が咲く頃かなと思ってね」

「このマンションの人はいいよな、お花見が自前でできるんだから」

伸夫は最近、よく来るようになった。彼は千秋から決して歓迎されていないと知っていたので、私たちのマンションに来るのを極力控えていたようだが、その千秋がいなくなったので、大っぴらに出入りしている。

今日も、

「晩飯を食わしてください。二人より三人で食った方がうまいんだよ」

と、勝手なことをいっている。台所で珠子と伸夫が食事の準備をしている間、私は図書館から借りてきた本を読んでいる。時折、台所から二人の他愛のないやりとりが洩れてくる。

「何度もいうようだけど、珠子さんはほんとに千秋さんに似てるね」

「そう、私は千秋伯母さまの生まれ代わりなのよ」

「生まれ代わりというのは、その人が死んでから生まれるものだよ。でないと変だろう、同じ人間が同時に二人いることになるんだから」

「そうかなあ」

若い珠子の話し相手は、私にはなかなかつとまらない。だから時折、伸夫が来て、珠子をまるで友達のように扱ってくれるのはいいことかもしれないと、私は本の頁をめくる指が少しも動かないのにも気づかず、そんなことを考えていた。

桜が満開の美しさを見せた後、一夜の雨で散ってしまい。今は若緑の葉を枝いっぱいに繁らせている。

珠子に懐妊の兆候があった。智恵子が付き添って病院に行き、三カ月だということが分かった。今日子が勇夫を身籠もった時も多分、私は同じ気分を味わったと思うのだが、遠い記憶の中の出来事なので、よくは思い出せない。同じ気分といっても、今回はやはり違う部分も多いだろう。何しろ私自身がもう六十を越えているのだ。それで父親になっていいのだろうかという思いがわいてくる。それと同時に、千秋が、珠子の子は千秋の子でもあると書いていた一節が、脳裏に浮かび上がってきた。私は不安で胸が苦しくなり思わず立ち上がって、その辺りをそわそわと歩き始めた。

「まだ、三カ月ですよ。まるで分娩室の前にいる若いお父さんみたいに見えますよ。落ちついてください」

と、智恵子が笑いながらいう。

私はこの時、珠子にまだ優しい言葉を一つもかけてやってないことに気づいた。両膝をだいて、ソファに埋まり込むようにして座っている珠子の側に行き、その背を軽く撫でた。

「おめでとう、よかったね」

珠子はこくっと頷いたが、血の気のない顔をしているし、気分も悪そうだ。

「少し、悪阻が出てるみたいだけど、妊娠は病気じゃありません。普通に生活していいんですよ」

と、智恵子は珠子にいってきかせている。

「跳んだりはねたりは駄目だけど、でもじっとしてて体を動かさないと、お産が重くなりますよ」

智恵子は時々、様子を見に来るつもりだが、あまり甘やかさないでくださいといって帰っていった。智恵子は甘やかさないでといったが、珠子は黙りこくったまま、気分も悪そうだ。私はどうしていいかわからないから、とりあえず、珠子をベッドに寝かせた。

「二、三日ゆっくりと寝てなさい、そのうち、気分もすっきりするだろう。悪阻だろうから、寝てればいいよ」

私はそんなふうなことをくどくどといった。

珠子の容態はなかなか回復しなかった。青い顔をしているし、ぼんやりとした表情で寝室の壁の一カ箇所をじっと見つめていたりする。私が話しかけても、簡単な受け答えしかしない。私は心配になって智恵子に電話をした。

「それはマタニティーブルーといって、妊娠初期に妊婦がよくかかる鬱病の一種ですよ。それは、この前の診察の時にもお医者さまからいわれてますから、心配いらないと思いますよ」

「マタニティーブルーですか」

「ええ、男の方には、馴染みのない用語でしょうね」

「治るんですか」

「ええ、月が進めば自然に治るそうですよ、ひどい人は治療が必要でしょうけど、珠子の場合はもう少し様子を見たらいいと思いますよ」

私は智恵子の言葉で少し安心したが、こんな時は、伸夫にでもいてもらったら助かると思って、彼の携帯電話にかけると、舞台稽古に入ったから動きがとれないという返事だ。

いざとなったら病院に入院させようと、そこに気がつき、私はようやく落ち着きをとり戻した。

葉桜の緑色が一きわ濃くなり、葉も厚みをました。四階にいても、窓を開けると、葉擦れの音がさわさわと聞こえてくる。しばらくは寝室を別にしたいと珠子はいって、普段、彼女の私室にしているところに、簡易ベッドを持ち込んでいる。私はその室に行って、窓を開けた。

「ほら、風が桜の葉のいい香りを運んでくるだろう。少し、外に出てみるのもいいんじゃないか」

と、いいながら珠子の顔を覗き込むと、うっすらと涙の跡が見える。

「おやおや、泣いたりしたら、お腹の子供に笑われるよ」

私はまるで子供をあやすようにいう。

珠子はベッドから下りて、私と並んで窓の外を見た。

「ほんと、もうこんなに葉っぱが繁って、まるで小さな森みたい」

確かに四階の窓から見下ろすと、桜の一群は小さなこんもりとした森に見える。

私は久しぶりに珠子がまともに口をきいたので、これで智恵子がいっていた鬱病から珠子は解放されたのだと、喜んだ。

その夜は私も安心したのか、ぐっすりと眠ることができた。朝方、表で車のクラクションが鳴ったような気がして眼が醒めた。まだぼーっとしている意識が、かすかに玄関の扉が開いて、閉まったような音を捉えた。何の音だろうと、私はベッドを下りて、玄関に行ってみたが、特別にかわった様子はない。寝室に戻って、カーテンを開けた。下の方でエレベーターが止まる音がかすかにし、スーツケースをさげた一人の若い女性の姿が出口から吐き出された。彼女が歩いていく先には一台の赤いスポーツカーが停まっている。その中から出てきた若い男が、女のスーツケースを受け取り、女の肩をだくようにして車に乗せた。車は音もたてずに、すーと薄明の中に消えていき、それだけだった。

私は珠子の寝室に急いだ。明かりがついたままだった。ベッドは空だがまだ珠子の体温が残っていた。側の小机の上に一枚の紙がのっている。わずか数行の珠子の文字が書かれていた。

「申しわけありません。お腹の子は先生の子ではありません。伸夫さんの子です。ですからこの子は千秋伯母さんの子ではありません。お許しください。さようなら」

千秋は伸夫を何故か嫌っていた。それは本心ではなく、今日子に気をつかっているからだろうと、私は軽く考えていたが、こんな結果になることを、予感し、警戒していたのかもしれない。内部から不意に突き上げてきた、狂暴な何かを制することができず、私は窓のカーテンを引きちぎって回った。それから窓という窓をいっぱいに開け放った。ようやく白み始めた戸外から、森のように葉を繁らせた桜の枝や幹を揺すって、風の音が立ち上がってきた。

「メイ・ストーム、メイ・ストーム、もっと吹け、もっと吹け、もっと吹いて、この不条理を吹き散らせ」

と、私の心はいつまでも叫び続けた。

あとがき

何か特別なきっかけがあったわけではないが、たまった作品の中から、数編を選んで一冊にまとめることにした。古い頃のものから、年代をずらしながら、新しい時期のものまでをと考えたが、四編ではそうもいかない。好きな作品に偏ってしまったようだ。「ガランス」の中のものだけになったし、新しい作品はない。

読み返してみると、正直、「今は昔」の感慨しかない。それでも、こうして初めて一冊の著書を持つことができたことを素直に喜びたい。

著者

二〇一七年十二月

＊初出一覧

透かし窓　「ガランス」創刊号　1994年5月
青葉木菟　「ガランス」6号　2000年3月
白い朝　「ガランス」11号　2003年11月
メイ・ストーム　「ガランス」13号　2005年12月

鈴木比嵯子（すずき　ひさこ）
1937年福岡市生まれ。 本名・田村明美
西南学院大学文学部・福岡大学法学部卒業。
同人誌「月曜」、「西南文学」、「風化」、「ガランス」 創刊にかかわる。
現在、「ガランス」 同人。
九州芸術祭文学賞・福岡地区優秀作。福岡市文学賞受賞。
現在、福岡市文学賞（小説部門） 選考委員。
㈱梓書院・代表取締役会長。

透《す》かし窓《まど》

発　行　二〇一八年二月十日
著　者　鈴木比嵯子
発行者　田村志朗
発行所　㈱梓書院
〒八一二－〇〇四四　福岡市博多区千代三－二－一
ＴＥＬ　〇九二－六四三－七〇七五
ＦＡＸ　〇九二－六四三－七〇九五
印刷所　青雲印刷
製本所　日宝綜合製本
ISBN 978-4-87035-622-1

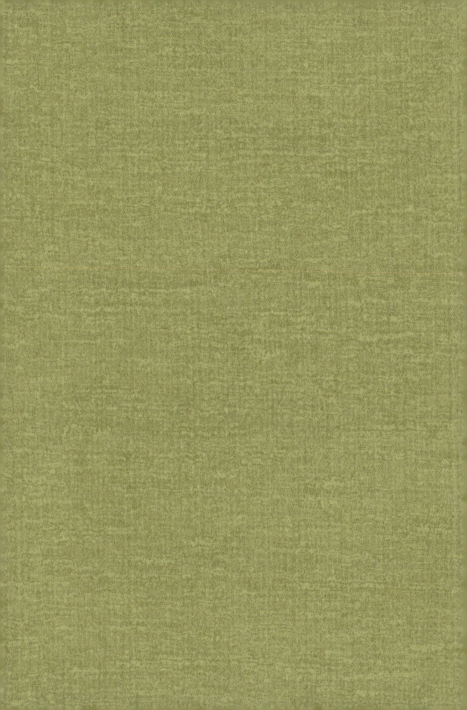